华文微经典

中国微型小说学会
世界华文微型小说研究会
主持

骆宾路

神来之笔

四川出版集团　四川文艺出版社

图书在版编目（ＣＩＰ）数据

神来之笔 ／（新加坡）骆宾路著 . -- 成都：四川文
艺出版社，2013.3
（华文微经典）
ISBN 978-7-5411-3650-4

Ⅰ．①神… Ⅱ．①骆… Ⅲ．①小小说－小说集－新加
坡－现代 Ⅳ．① I339.45
中国版本图书馆 CIP 数据核字（2013）第 028268 号

华文微经典
HUAWEN WEI JINGDIAN

[世界华文微型小说经典]

神来之笔
SHEN LAI ZHIBI

[新加坡] 骆宾路　著

选题策划　时上悦读
责任编辑　王其进
封面设计　所以设计馆

出版发行　四川出版集团 ❨❨ 四川文艺出版社
社　　址　四川省成都市槐树街 2 号
网　　址　www.scwys.com
电　　话　028-86259285（发行部）　　　028-86259303（编辑部）
传　　真　028-86259306
读者服务　028-86259293

印　　刷　北京山华苑印刷有限责任公司
开　　本　650mm×920mm　1/16
印　　张　13
字　　数　120 千
版　　次　2013 年 4 月第一版
印　　次　2014 年 1 月第二次印刷
书　　号　ISBN 978-7-5411-3650-4
定　　价　35.00 元

华文微经典

作者简介

　　骆宾路，原名杨书楚，20世纪50年代署名木易。80年代在香港另署林之、徐乐。祖籍广东澄海。新加坡公民。1950年在《南方晚报·绿洲副刊》发表的处女作《倒下去的人》获得该年度佳作选，收入年度合集《苏州河之夜》；1952年参加"南方晚报小说控"公开征文比赛获第三名，作品收录进获奖文集《甘榜之春》。1957年辍笔。25年后，于1982年归队至今，先后出版了15部作品，包括长篇小说《海与岛》(2001)，短篇小说集《咖啡正香浓》(1990)、《人与鼠》(1991)、《变脸的男人》(2000)，微型／短篇小说合集《一幕难演的戏》(1993)、《她说蓝的是天空》(1996)，微型小说集《与稿共舞》(1999)、《骆宾路微型小说》(2004)、《一粒荔枝》(2005)、《今早没有华文报》(2012)，自传体散文集《匆匆一瞥人间春色》(2004)，散文集《看海去》(2003)、《心之所系万千千》(2007)、《千里之约》(2009)、《点点滴滴在心头》(2010)，约百余万字。现为"世界华文文学家协会监事长"、"香港文艺家协会驻海外秘书长"。

前言

　　有人曾说，地不分东西南北，凡有人类生活的地方，就有华人的身影。话虽有玩笑的成分，但当前华人遍布世界各地，却也是不争的事实。扎根世界各地的炎黄子孙，他们的生活状况如何？他们的情感世界怎样？他们的所思所想何在？……要找到这些答案，阅读他们以母语写下的文字无疑是最好的方法之一。诚然，并不是有华人的地方就有华文创作，但在一些主要的国家和地区，华文创作几十上百年来一直薪火相传所结出的果实，显然也是令人瞩目的。遗憾的是，因为多种原因，国内的读者多年来对海外的华文创作了解甚少。尤其对广布世界各地的华文微型小说这一重要且具代表性的文体，更只是偶窥一斑而不见全貌。"华文微经典"丛书的出版，可谓弥补了这一缺憾。

　　海外的华文微型小说创作，主要分为东南亚和美澳日欧两大板块。两大板块中，又以东南亚的创作最为积极活跃，成果也更为突出。东南亚华文微型小说创作兴起于二十世纪八十年代初，各国在时间上又略有先后。最早开始有意识地从事微型小说的创作，并且有意识地对这一新文体进行探索、总结和研究，而且创作数量喜人、作品质量达到了一定艺术高度的，是新加坡和马来西亚；稍后于新加坡和马来西亚的是泰国，再后是菲律宾和文莱，再后是印度尼西亚。在发展过程中，各国的创作曾一度因具体的历史原因而存在较大的差距，但这一状况在近十年来正日益得到改善。

美澳日欧板块则因创作者相对分散，在力量的聚集上略逊于东南亚板块。不过网络的发展正在弥补这一缺憾，例如新移民作家利用网络平台对散居各地的创作进行整合，就已显现出聚合的成效。

新移民的创作是海外华文微型小说创作中近十多年来涌现出的一股新力量。尤其是近年来随着作家对当地文化和生活的日渐融入，其创作已日渐呈现出新视野，题材表现也开始渐渐与大陆生活经验拉开了距离，具有了海外写作的特质。

以上是对海外华文微型小说发展的一个简单梳理，而"华文微经典"丛书的出版，正是对这一梳理的具体呈现（为避免有遗珠之憾，丛书也将有别于中国内地写作的港澳地区的华文微型小说写作归入其中）。通过系统、全面、集中的出版，读者不仅可以得见世界范围内华文微型小说创作风姿多样的全貌，更可从中了解世界各地华人的文化与生活状况，感受他们浓郁的文化乡愁，体察他们坚实的社会良知，深入他们博大的人文关怀，触摸他们孜孜不懈的艺术追求。书籍的出版是为了文化和文明的传播与传承，我们希望这一套丛书能实现一些文化担当。我们有太长的时间忽略了对他们的关注，现在是校正这种偏差的时候了。这也正是丛书出版的意义和价值之所在吧。

目录

1

蟹 王

　　谁说一蟹不如一蟹？摆在他面前的豪华宴，餐盘里的那只 1.37 千克的螃蟹，身价就是四十万人民币。

　　他这一生吃过的螃蟹无数，从来没有像今天这样叫他吃得胆战心惊。

　　那一身螃蟹壳值多少钱。那一身雪白的蟹肉又值多少银两，恐怕连那一双绿豆大小的眼睛也比珍珠还贵呢。他细心盘算着四十万元摊在这只 1.37 千克的螃蟹身上，他每一箸夹上来的肉丝是值几千，或是几万银两？

　　他呆坐一旁，不敢贸然下箸。是的，怎下得了筷子？

　　希望工程的宣传海报不是明明白白说了，每捐一块钱，就可以给那些穷乡僻壤无书可念的孩子添多少书本文具？

　　四十万一只螃蟹，他吃一口肉，岂不是吃掉上千，乃至上万个学童的希望？

　　一百克茶叶王，十几万人民币。

一颗称为荔枝王的"挂绿"，五十五万人民币。

可以完成多少个"希望工程"？

"来来来！别客气。"

他耳边听到主人家频频劝饮劝食的声音。

什么时候，我们成了吃得起一只四十万元螃蟹的民族？

什么时候，我们成了一个人吃下五十五万元一颗荔枝的富贵民族？

"我们还有什么希望工程未能完成的？"他问自己，他也拿眼睛试探地询问身边的人。没有人给他答案。

宴席散了，他回到家里。茶几上放着一封他还没来得及拆开来看的信。

这信是他的一个古道热肠的朋友，从一个人烟稀少的边远地方寄来的。从笔迹上，他能认出来。

信写得很长。信末的一句话是：在这里，倘有三两万人民币，我就可以办一所"很像样"的乡村小学给孩子们读书了。

这封信叫他彻夜难眠。还有另一样东西搁在牙缝里，也叫他彻夜不舒服。他起身进了厕所，亮了灯，小心翼翼地将牙缝里的"东西"剔出来。在灯光下，他发现那是一小片，极小的一小片螃蟹壳。这螃蟹壳少说也够提供"希望工程"计划里一千个学童一年的笔墨纸张与书本。

他关了厕所的灯，回到客厅亮了矮几上的台灯。他给这个古道热肠的朋友回信道："我今天参加了一个宴会，你知道我吃了什么山珍海味？不是，我用牙齿，吃了你们二十间学校。"

他小心地用一张小纸巾将那片"微型螃蟹片"包好。写上：有螃蟹片为证。然后封入信封。

人在动物园里

人在动物园里看动物，动物在动物园里看人，视觉效果都是一样。

在动物园里看动物的小孩子问身边的父母："老虎会咬人吗？"

"不会。"大人回答。

"为什么不咬人？"

"有得吃，有得住，有人养它，它还咬人作甚？"

"为什么要养它们？"

"动物园本来就是养动物的。"

天真的小孩子又问："养它们做什么？"

"养来给我们看，傻瓜！"

桃花岛的动物园，规模庞大。豢养在动物园里的动物，聪明乖巧。动物明星阿明，就是一头受人宠、受人爱的"亲善大使"，它死后还立有铜像，风光大葬。有只聪明绝顶的鹦鹉，会唱英文歌，也会唱中文歌。它会说它的鸟话，也会说人话。人见人爱。

"它们为什么不飞走？"

"你瞧，"妈咪指着驯鸟师腰间系着的小袋子对孩子说，"鹦鹉唱完歌，他就给它东西吃。有得吃，它会飞走吗？"

小孩嬉皮笑脸地说："我有吃的，也不飞走。"

"你啊，"爸爸说，"你哪比得上这只鹦鹉。它多听话。"

小孩问妈咪："动物看我们也和它们一样吗？"

"怎会一样？"妈咪说。

"怎会不一样？"爸爸问。

妈咪没有和爸爸争论。

小孩子心想，动物在动物园里看人，也和人在动物园里看动物一样。

爸爸心里说，在动物的眼里，它们看到我们也是养得白白胖胖，也会唱英文歌，会唱中文歌，还会在另一个动物园里表演各种预设的节目的动物，而且表演得比动物园里的动物更为精彩。我们是养在另一个飞不走、跑不掉，或者说，自己不想飞走、不想跑脱的看不见的笼子里。

人在动物园里看动物，动物在动物园里看人，视觉效果都是一样。

这鸟"牛"得离谱

从云南来的朋友享受过一顿桃花岛食阁的佳肴之后，我尽地主之谊问她，明天打算看看岛国的什么景点？她却说："听说岛国飞禽公园有一只很聪明的鹦鹉，会说英语，会唱英文歌曲，还会唱中文歌曲，吟唐诗，背宋词，我很想去见识见识。"

我听来有点悲哀。岛国居然没有一处景点吸引我这个远方来的客人。她千里迢迢只来"拜访"一只鹦鹉。

第二天一早，我带她到飞禽公园去见我们那只名扬海外的鹦鹉。听完那鹦鹉唱完中英文歌曲，背了一首唐诗，半阕宋词（为什么是半阕宋词？大概临阵怯场），我那云南朋友赞不绝口："神奇，神奇。"

大家都赞鹦鹉会说人话。生而为鸟，不说鸟话说人话，这鸟"牛"得离谱，诚然是鸟类的异数。就如两个中国人在一起，不说汉语，只说鬼佬话，同样"牛"得离谱，这也是中华民族里的异数。

"你好像不很欣赏。"我的云南朋友说。

我怎么回答呢？岛国很多人也像那只鹦鹉，被送进飞禽公园里接受训练，然后出来亮相，表演节目，为园主争取到"游客"购票入场，这才能讨得口饭吃。

我的云南朋友好像没听懂我的话。她兴致勃勃地问我："他们是怎样训练这些鹦鹉的？"

"利诱。"

"利诱？"

"是的，利诱。你没见它每次表演完毕，训鸟师就从腰间的口袋掏出食物喂它。"

听到一对年轻夫妇和他们的子女一边讲英文，一边加插几句汉语，我的云南朋友对我大赞："你们桃花岛人真聪明，能讲英语，能说汉语。"

"跟鹦鹉一样，利诱就行了。"

我的云南朋友不懂得桃花岛国的国情，问我："这样简单？"

"技术上复杂一点，原理上一样简单。殊途而归，效果一样。"

"怎会一样？你又不在飞禽公园里表演。"

"我在另一个动物园里表演。"

"你真会说笑，你又不是鹦鹉。"

"我觉得自己不太像个人，倒有几分像只鹦鹉。鹦鹉天天唱英文歌曲，唱到最后，它连自己的鸟话都不会说了。我也差不多，拿起电话，听到的是英语，你想和对方沟通也得用英语，收到的文件是用英文写的，大街小巷的路名是英文名字，广告海报十之八九也是英文字。久而久之，我都把母语忘得一干二净，也变成那只只会唱英文歌曲、说英语的鹦鹉，脑子里还残留一两首唐诗，一两阕宋词。再过十年八载，我也把母语忘了，成了一只只会跟着驯鸟师手势表演的鹦鹉。"

　　"你说得真有趣。"

　　"有趣？再过十年八载，你来见我得找个翻译，那就更有趣。"

　　我的云南朋友做了个怪异的表情。不知是听不懂我的话呢，还是觉得我此刻就像她刚才见到的那只鹦鹉。

　　离开飞禽公园，我拒绝带她到动物园。

与稿共舞

危亦康始终不明白他老爸为什么那样沉迷于写作。

"明知道写的东西没地方发表，也没有几个人会看，还写来做什么？把时间和精力拿来做别的事情不好吗？还要破财去出版书。家里堆了一摞摞，养白蚁！"

危亦康的老爸对人家说："我若不写，我一天也活不下去。"

"怎么就活不下去了？不是在战乱里过日子，怎么会过不下去？眼下是个太平盛世啊。"

他告诉人家，面对这样一个粉刷出来的太平盛世，他不会去写那些锦上添花的小说。

他说，他写小说，不是为了编故事。

他写小说，是有感而发。

所以，很多人说，他写的小说有点像刺猬。

因为像刺猬，捧在手里令人感到不舒服，所以，投出十篇，八九被编者退回来。他把退回来的稿收进抽屉。

"收在抽屉里，见不了天日，写来作甚？"

他没有正面回答。

搞文学的人不放下手中的笔，文学就不会死。他对自己这样说。

他还是一页一页地写，一页一页写成之后寄出去，被退回来，就把它收进抽屉里。

他深信，每一页收在抽屉里的稿，都附有一个稿魂。

他说，他的灵魂安息的一天，收在抽屉里的稿魂还会继续存在。

七十八岁那年，危亦康的老爸真的走了。

危亦康迫不及待地把老爸的屋子卖了。

为什么卖了？

做儿子的答道：他们常常在夜里看到老爸在他的小书房里伏案写稿。

他们还看到，一沓沓稿纸围着老爸，在桌上起舞。

蠹鱼的遗嘱

高天草整理书房时，骇然发现书架上的书被蠹鱼吃去不少。他一边整理，一边破口大骂："找到你们的老巢，瞧我把你们全宰了。"

他伤心地算着，共有二十一册书遭殃，令他不解的是，这遭殃的二十一本全是中文书籍。一排洋书却保持洁身不受污侵。

"他妈的，洋书你们不啃，专啃中文书，中文与你们有仇吗？"

老妻在旁打趣道："许是蠹鱼不懂洋文，吃了怕不消化，它哪敢动嘴！再说，洋纸质地好，光滑结实，一是难啃，二是太好的洋纸都是经化学处理，无论如何，少了点植物的纤维香，哪及中文书籍，纸质略输，到底书香味浓。这也是蠹鱼所喜闻乐啃的，所以，中文书籍遭殃。"

这话有道理，高天草想。待他翻开一本五十年代的中文杂志时，他发现一尾老死的蠹鱼。这蠹鱼竟然还留下一页遗嘱。

听老头子说，蠹鱼还留下一页遗嘱，老妻笑哈哈道："我是说笑，你却当真，蠹鱼还会写遗嘱！"

"蠹鱼不会写，但它吃剩的字像是一篇遗嘱。不信，你过来瞧瞧。"

高天草把手上的杂志递给老妻看。

在第二、三页社评栏，被蠹鱼蛀食后，留下的是这样一段文字：

　　……儿呀儿，我们的祖祖辈辈是在中文的书山书海里养活自己，也养大他们的下一代。你们现在嫌这些地方不好，要移居他处。你们骂老一辈不啃洋书，你们现在要去啃洋书。我可要告诉你们，你们若还相信遗传的基因，就别忘记咱家族的胃是不能单打一吃洋荤的，小心消化不良。

"是巧合吧？有说无巧不成书。"老妻半信半疑。

"巧不巧合，这蠹鱼一肚子方块字。"

《红楼梦》里有"黛玉葬花"，某天某日，互联网上有一则高天草写的"天草葬蠹鱼"。

"你吃了一肚子方块字，死了，算是福分。我死的时候，恐怕找不到一个方块字陪葬。我要订中文报，孩子不准。孩子订英文报，孩子的孩子也是订英文报。"

在这则《天草葬蠹鱼》的下款有一则启事：征购蠹鱼陪葬。

爷爷的蓝筹股

有人炒股票。有人炒房地产。有人炒外币。有人炒黄金。但没有人炒文学。因为文学没有价。不过，语言文字可以炒，也有人炒。三十年来，英文股就炒得比中文股高了好几倍。现阶段，十个家庭，起码有九个投资的是英文股而不是其他的语言文字股，而且这只"股"一向是被看"升"的。这应该是十拿九稳的蓝筹股。

爷爷那个年代押了"中文股"，结果输得"仆街"（输惨），害得老爸升不了官，发不了财，做不成部长。

爷爷却扮阿Q："输什么，没有数典忘祖，就是最大的赢家。"

老爸聪明多了，二男一女全押在那只"十拿十稳的蓝筹股"上，现在收得"盘满钵满"。

爷爷不服气："形势看涨呢！"

老爸却说："会涨的话早在二十几年前就涨了，还等到今天？"

"二十几年前没有提要培育中文精英，现在紧锣密鼓，还不涨？"

"为什么二十几年前不提，现在才来提？"做儿子的不屑道，"老爸，这年头有两样东西如果飙升了，你买的这只股就会有市有价。"

"哪两样东西？"

"一是贴钱的中文文学变为赚钱的中文文学；一是家中的老人成为古董，能换钱。"

爷爷翻起一双牛眼："什么话？"

老爸一板一拍："不是嘛，一个乳臭未干的娃儿，中元节跑跑场，每晚唱几首歌，三五年下来，买楼买屋。文学家三五年呕心沥血写出来的作品，贴钱请人欣赏还得看交情呢。一本书付梓，印刷费三几千元，还得抛头露脸四处'筹款'，找人赞助。哪一天，中文作家出书自自由由不受金钱的左右，文学有价了，你毕生投资的那个股就有点希望。"

"这和老人是不是古董有什么关系？"

"克拉码头的旧货摊，有各种各样的稀奇古怪的旧货，每样东西都有价，有人买这些当是怀旧，有人当这些是另类廉价的古董。唯独没有人摆卖老人，老人是旧东西，但没有价，也没人要买。"

"你忘本，你心目中只有经济实用价值。"

"没错。所以你手中那只股，十年之内不会涨。现在有人炒，也只是技术性调整。调整之后，就是个橡皮娃娃，养不大。"

　　橡皮娃娃有两种，一是实心的橡皮娃娃，还可以保有原状。吹起的橡皮娃娃，泄了气，就没得"玩"了。

　　爷爷愣住了。他手中抱的橡皮娃娃是前者，还是后者？

　　啊，三十年前，这只"蓝筹股"……

怀旧……

一

老爸那个年代用的"派克蓝点"自来水笔很卖钱，这是郭国瑞在摩罗街的旧货摊上看到的价钱。

二

这年头，古老当时兴，雅称为"怀旧"，似乎身上不弄一两件"旧东西"放着，家里不弄几件"旧东西"摆设摆设，不但身份成疑，也会被人耻笑为没有"品味"。最好是有钱搞一两件古董，有明清年代最好，当然唐代的更佳。没有的话，清末的也不错，如鼻烟壶之类。

郭爷爷时下已年届古稀，早被儿子郭国瑞当作另类不值钱、也不能摆设的旧东西送去老人院。时至今日，郭爷爷连自身这件旧东西都没人要保存，他身边还有什么"旧时代的东西"可以保留下来的。早在二十年前，他用过的东西，诸如上文提到的"派克蓝点"自来水笔，还有古老的怀表，与一台在热天气温高达三十五六度他才会开来用的电风扇，都让当年在家中当权的儿子给扔了。那支"派克蓝点"自来水笔因为郭爷爷晚年少用，或不用的缘故，吸墨水管的胶囊已经腐烂了，吸不进墨水。十四 K 金笔尖上那点白金，因为郭爷爷早年常用常写的缘故，也磨得只剩丁点儿了。一句话说完，是没有什么实用价值。至于那台电风扇，因为扇罩空隙太大，做儿子的担心孙子年幼无知，伸手进去，出了意外，嫌它不安全，又不美观，扇动起来声音又"呼呼"怪叫，早就把它卖给收破烂的。那只怀表却是孙子郭大峰只有五岁大时，不知怎的被他从抽屉搜到，高兴得拿在手上一甩一甩的，摔在地上，把内里的机件摔坏了。如今也不知去向。郭爷爷用过的东西，还有客厅里那座每隔十五分钟就会敲"叮当叮咚"的德国摆钟，也在他入住老人院之后，被儿子"毁尸灭迹"了。

三

现在有人炒作旧东西当着"怀旧"，吹起这样一股怀旧风，这只不过是一些吃饱饭的人出来附庸风雅一番。小孙子吵着老爸要讨爷爷用过的旧东西，纯然是因为郭国瑞的儿子郭大锋见到同学当中，有人拿出爷爷用过的"古老东西"当时兴，在他面前显耀，他心里很不是味，这才勾引出他想起自家也有一个住在老人院的"爷爷"来。

回到家里，郭大峰问他老爸，爷爷身上可有什么"古老的东西"可供他在众人面前威风一下？

郭国瑞这才"特别想到"自家那个已住在老人院的古稀老爸，还有那个九十挂三的爷爷。

老太爷的曾孙只是想要一两件"古老的东西"在同学面前显耀显耀，当然谈不上什么"怀旧之情怀"。郭国瑞跑到摩罗街买了一支"派克蓝点"自来水笔，本来也不是有什么特别的"怀旧"情怀，只是为了满足儿子郭大锋的虚荣心。鉴于时下兴"怀旧"，他心血来潮，顺手选了一台近似老爸当年用过的电风扇提回家。

儿子见到那支"派克蓝点"自来水笔，自然雀跃。

太太见到丈夫提回一把爷爷那个年代的电风扇，打趣道："好一个怀旧的现代人。"

"怀旧也是一种情趣，很不错的啊。"

怀旧派说，看到琳琅满目的旧东西，确实有股温馨在心里回荡。

真的？很多人都把家中的老人当作"旧东西"摆放在老人院里，老人院的老人，又怎能和摩罗街的旧货摊里的旧货相提并论？

这可不是，家有一老，如有一宝。

四

郭大锋在同学面前晃着那支"派克蓝点"。

"这是我爷爷用过的。"

"你爷爷几岁啦？"

"快七十了。"郭大锋说，"我还有一个更老的爷爷，听说九十几了。"

"和你住在一起吗？"

"不是。摆在老人院。"

阿才，我儿！

七姆逢人就哭诉，她那二十岁的弱智儿子无端端失踪了。

"都是我不好，那天我忘了锁门，到街市打个转回来，就不见他了。"

一些好心肠的邻居都跑来安慰哭成泪人的七姆。

"找得回来的，你放心好了，找得回来的。"

听到这些安慰的话，七姆哭得越发伤心。

"三天了，他准给饿死了，他吃饭还得我喂他啊。"

同情七姆的人也都为她洒一把眼泪。这妇人也真可怜，守了二十年寡，就是对着这样一个"白痴的儿子"。好命的早已做婆婆喝过媳妇茶了。她却要服侍这个"二十岁的大婴儿"，喂他三餐，替他换洗尿湿了的裤子。说真的，这可比服侍一个婴儿还要辛苦。服侍一个婴儿，心里头可是乐滋滋的充满希望，望着他牙牙学语，一天比一天长大，然后会叫

"妈妈"了。白白胖胖的脸蛋，让人一天亲一百次也不嫌多。再大一点，她送他进幼儿班，入小学，升中学，多少希望寄托下来等待收获。但服侍一个弱智儿子，她花费的心血加倍，最后连一丝儿寄望也没有。二十岁的大孩子，六十公斤体重，做妈的心早已给压碎了，实在支撑不下去了。四十五岁的七婶，看上去起码老了十年。认识她的，无不担心有一天她会被这副重担弄得精神崩溃。

其实就这样失踪了，也是扔了个包袱。

有人从另一个同情的角度去解读七婶这件事。

但是七婶却到处求人设法把儿子找回来。她去过派出所。她去过社会福利署。她还找了区上一位女社工帮忙。七十二个小时过去了，没有半点音讯。二十年来，服侍这样一个儿子，她实在累够了，曾经累得她想一死了之。吊颈的绳子才套上脖子，她又放心不下。没有她，这孩子如何生活？他是一个连吃饭都要人家喂的弱智者。夜阑人静，她自己对着窗外的苍穹哭过多少次，数不清了。尽管如是，一旦让她看到他安安静静睡熟了，她心里就另有一分安慰。瞧，他睡得多甜，多安稳。他也是一个人，一个可爱的儿子。他还拥有一个多好听的名字：有才。在妈妈的心目中，他始终是一个完整的人……直到第二天醒来，儿子"伊伊哦哦"，她又得替他更换昨夜尿湿了的裤子。

第四天，社会福利署托人传话给七婶，说是他们在街上带回一名弱智者，请她去辨认是不是她的儿子有才。

七婶一听，高兴得当场双手合十，对天叩了三个响头。

"谢天谢地，可找到阿才了，可找到阿才了！"

"我说七婶啊，你还去认来作甚？"

听到有人这样劝她，七婶睁大眼睛反问：

"自己的孩子，怎可以不认？"

"你怎么可能照顾他一辈子啊？万一你先去了，谁来照顾他？何不顺水推舟，就让社会福利署将他收养了，你还捡这份辛苦来作甚？"

辛苦！

自从那次她从吊颈的绳圈里把颈项抽出来，打消了一死了之的念头以后，她就不知道什么是辛苦了。

阿才，我儿！她心中只有这个信念。

一幕难演的戏

癌细胞以倍数的速度在他的体内扩散。

一

　　往常，女儿女婿是两星期来娘家一次。近来是一个星期来两次。他当然清楚个中的缘由。他们无非是想在他脱离尘世之前，尽量让做爸爸的有个愉快的"终场"。他心里当然也明白做女儿的为了不去惊动他，避免引起他的多心，每次来，都有一个美丽的借口。

　　"爸，沙田的烧乳鸽，你爱吃的。"

　　或者是："爸，台湾的无核西瓜。卖西瓜的说，今年台湾的西瓜特别好吃。"

　　今晚，女儿却提着一只烧鹅回来。

　　"爸，新井的烧鹅，你爱吃的。"

女儿带着说不出的悲伤心情在演一幕开开心心的"戏"。

当爹的想宽宽女儿的心，也在跟着戏路扮演一个开心的爸爸，于是也打起精神打哈哈，笑道：

"什么时候把爸爸列入馋嘴一族啦？"

女儿指着丈夫也打哈哈，笑道："他都馋嘴。"说罢，捡了个鹅腿给老爸，"刚出炉的，还热乎乎的呢。"

当爸爸的伸手接过来，装模作样地用鼻子嗅了嗅："好香！"

可是，他没有半点食欲。他偷偷望女儿一眼，女儿像往日一样，笑得"甜甜的"。他对自己说，老头儿，你也要演得像样一点。尽管胃部在抗拒，他还是一大口一大口地朝那鹅腿上啃，还煞有介事地一口一句："好香！"

为了掩饰胃部的抗拒，他放下烧鹅腿对女儿说："找一天带你老妈一起去杭州的西湖走走。大家说的，上有天堂，下有苏杭，你老妈连飞机都没有乘过呢。"

说罢，他暗地里使个劲，把满口油脂的烧鹅腿一口吞下肚子里。装得像样点，不能有破绽，不能让女儿有所怀疑。他内心不停地提醒自己，千万不要流露出半点悲哀的情绪。

"好哇，说去就去，我明天去旅行社问一问。"女儿立即回答。

老妈却说："跟着旅行团像赶鸭子似的，累人！"

"怕啥，我还顶硬朗的。"

"妈，去吧。我和子钦也有两年没放过大假，趁机出去开开心。"

说到开心，老妈子、老头子、女儿、女婿，四个人八只眼睛各朝各的方向，谁也避免接触到一块。

二

谁能强用笑脸来演一场生离死别的"戏"？

当老爸爸病情恶化，再一次抬入救护车时，老爸爸对身边的家人说："没事，过两天就可以出院。"

女儿也说："没事的，我们还要到西湖呢。"

老妈妈没有说话，只是握着老伴那只冰冷的手，一只准备撒手西归的手。

救护车响着哀号朝医院夺路时，老爸爸还在说："没事。"

无他，他想演好这最后的一幕"戏"。

这是一幕难演的"戏"。

婆婆那双红漆花鸟木屐

实在不曾想到，今天还会提起我爷爷年轻时的旧事。谁要提到好几十年前的旧事，鲜有不被儿孙们讥笑为"老土"而嗤嗤鼻子走开的，何况爷爷的旧事离今是整九十年。故事还没有开始，儿孙们一听说讲的是曾祖父定情的事，一个个都说："一定老土得叫人作呕！"

我一定要讲，事关我那个小犬儿向我"诉苦"，没有十万八万，结不成婚。这十万是，付老丈人、丈母娘聘礼五万大元；新娘子的结婚钻戒（她看上的那枚）是两万；婚宴酒席就算和客人送的"利是"拉平吧，其他杂七杂八的开支三两万，似乎在所难免。供楼的首期银钱，算是有了。

"没有十万，结不了婚。"

小犬儿感慨万千。

我是万千感慨。

这就牵扯出我听来的关于我爷爷的定情旧事。

我实在不好意思开口，因为故事的确很"老土"，也很"寒酸"，但是又确确实实很温馨。

爷爷送给祖母的定情物竟然是一双红漆花鸟木屐。

你瞧，你瞧，小犬儿一听就皱起眉头。木屐啥东西。什么模样儿？

"你没见过，穿在脚上的，"小犬儿的老妈子说，"我们小时候就穿过。要穿上红漆绘上花草鸟儿的，可不容易哪。"

说真的，小一辈的谁也没见过曾祖父送给曾祖母的那双红漆花鸟木屐。故事却是从我老爹那儿听来的。

据说，这还是祖父挑了一担柴，走几十里路到乡镇上变卖换来的。当时祖母的反应如何，没有提到。那年代，女人家总是很含蓄的，不会随便流露出来。总不会像现代人那样儿戏，辛辛苦苦储蓄一笔老婆本，结婚几年就说分手"拜拜"。金钱化为乌有，感情也不留痕迹。祖父被骗去南洋当"猪仔"①，祖母心中还是藏着那双红漆花鸟木屐。

祖母没有把时下"我爱你"挂在嘴上。

祖母也没有和祖父立下什么山盟海誓。

据说，她只把那双红漆花鸟木屐包好藏在枕下，一份温情藏在心里。听说，祖父日后从南洋回韩江畔带她到南洋

——————————

①指清朝末年被拐贩到国外的苦工。

时，她随身带的就是那双红漆花鸟木屐。

祖父说："还以为你早已穿烂，扔了。"

祖母答："藏起没穿。"

我问过老爸，祖母那双红漆花鸟木屐到底收藏了多少时日？

爸爸说："听你爷爷讲，红漆剥落了。"

老爸那个年代，说是抱了对母鸡就把老妈娶回来了。

我呢？是在大陆结的婚，又正好碰上三年自然灾害，一切从简，或者说一切从"无"，从生产队砍下两扇芭蕉，奉上一包五十支装的"人民公社好"的纸烟就算"婚宴"了。

而今，这小犬儿结婚十万少个子儿都说不行。

于是，我想起自己两扇芭蕉一包烟的婚事，想起老爸一对老母鸡的婚事，更加憧憬爷爷送给婆婆的那双红漆花鸟木屐的"爱情故事"。

伤疤

因为贪睡，我在前额留下一道两寸长的伤疤。

说来羞煞人，一个六十的老人，竟然像个不懂事的小孩，在巴士车上打盹儿，结果撞破了头。

那天晚上，在兼职的出版社校对完最后一篇稿，已是十点钟过后，一双眼皮像铅那样沉重。许是工作太累了（我是一身兼两职，一早七时出门，到现在足足劳碌了十四个小时，还得准备挨一小时的车程），也可能是那篇谈同性恋的文稿看得我眼睛发涩。在巴士站等车时，我就几乎靠在巴士站的柱子入睡了。

车子靠站，我梦游似的上了车，把车资扔进收银箱之后，沿着楼梯上了巴士的上层，找了个靠窗的位子坐下，把头靠在玻璃窗上，就像一头懒猪睡得打呼噜了。

睡梦中，我听得"吱"的一声急响，随着一阵强烈的震荡，我的头像是撞到什么东西，接着额前热乎乎的，有什么东西沿着脸颊流下来。我下意识地用手抹开去。

"啊，她的头流血了。"

"快叫司机停车。"

"停车有什么用，开去医院。"

"停车打三条九，叫救护车。"

车厢里叽里呱啦嚷开了。

惊魂甫定，我才发现手掌抹下来的是血，难怪有股浓浓的腥味。

血继续往下流。我吓得手足无措。有人用什么东西把我的额头按住。

我身旁的车窗玻璃破了一块，座位上有玻璃碎片。

"乘车不能贪睡，"替我止血的人说，这一刻，我才看清楚她是一个比我小一点的妇女。"睡着了，没有防备，分分钟撞得头破血流。我都不知看过多少人在车上睡着了，把头撞破。"

"太困了，"我说，"挨了一整天。"

"上了年纪容不得这样拼搏啦，要是走路也这样打盹，就更加危险了。谁有纸巾？"

邻座有个小青年递了一包纸巾过来。妇人说了声"谢谢"，又吩咐我替她撕开纸包。我照做。她换下原先按在我额头上的纸巾，殷红的血渗透雪白的纸质。看样子，伤口不小。

司机在众人的催促下，停了车，妇人扶我下车。

"你自己按住伤口，我去打电话叫救护车。"

"不用吧？血止了，就没大碍。"

"我看得缝针呢。"

"伤得那么厉害？"

妇人到一家便利店借电话。我靠在便利店的门口。

"救护车很快就到。"妇人打完电话回来对我说。

"真不好意思，累你忙。"

"今晚加班？"

"不是，做兼职。"

"做兼职？怪不得见你一上车就累成这样子，倒头就睡，像到了家似的。"妇人仔细观察我的伤口，继续说，"好像不流血了。一年多一岁，人老了也由不得我们自己逞强。"

按理我应该退休了，这个年纪还做兼职，说来是不自量力。只是退休了，何以维生？社会福利部发给失业老人那丁点儿救济金既不够果腹，也不足安居。我给自己做了个"变通"的安排，在被老板列为"淤血"清除之前，日夜兼职，攒点钱养老。

但这个安排则是彻头彻尾的"作茧自缚"。这一年，我累得像磨房里的老骡子，没了做人的乐趣。

我看她的样子，也是疲态毕露，就她一身打扮，八九不离十，也是工厂里一名女工。

"你也是加完班回家？"

"惯了。"

语气平淡，好像要向我声明，她是一头挨惯了的老牛。看上去，她不年轻了，该有五十六七吧？她这个年纪不也是"容不得这样拼搏"吗？又是一例，人在江湖，身不由己。

救护车来了，她才想起问我要不要通知家里的人。

"不必了，"我说，"只是缝几针，又不用住院。"

因为是同乘一路巴士的缘故吧，她问我住哪儿。我告诉她我的住处。

"大家是前后座的邻居。"

她陪我上医院缝完针，已是清晨零时过后。

截了一辆的士，上了车，她说了一声"好累"，竟然打着盹儿睡了。

经过这样一番折腾，我反而没有睡意，只觉得整个人像是散了骨架子似的。

想起先前她提醒我，乘车时不能贪睡，我推推身边这个好心的邻居。

"别睡着了，小心睡着了像我一样碰得头破血流。"

"我睡着了？"女邻居梦呓似的回应一声，接着把头一歪，真的睡了。

有什么东西在我的眼前掠过：

她额前也有一道类似我刚才缝完针的伤疤？

五千万元的故事

一

五千万元。

"你以为五千万元算是很多吗？"

地产界巨子王大老板眼皮都懒得抬一下。

"我在中区一幢商业楼宇都过亿啦。你说我有多少幢商业楼宇？"

"嘿嘿，五千万是个小数目，王大老板不看在眼里。"

"你错了。资本，资本，谁会嫌多。五千万，五万，五百，甚至是五十，也要大小通杀。不懂这一点，你就不是个成功的企业家。"

难怪，一尺地造价一百可以卖一千的，绝不卖九百五十。

二

五千万元。

一心想做亿万富豪的赖天贵摇着二郎腿，自言自语："离目标还差一半。"

赖太在一边哼着鼻子："你有五百万就谢天谢地了，还想要五千万只是目标的一半。"

赖太也太小看赖先生了。有眼光的人，三年前向银行贷款五百万，买入中区两层写字楼，三年之后，转手一层卖一千三百万，整整赚了一层写字楼，外加八百万。钱滚钱，就像滚雪球。五千万身家，何其容易。何况，赖天贵在钱财方面已练就六亲不认的心肠。

手软，心慈，连五元不义之财都不敢要的，他一定不是赖天贵。

三

五千万元。

在写字楼打工的白乐天一听到五千万，兴奋得三天三夜叨念不完。

"我有五千万，发达了。首先，炒那人事部经理的鱿鱼。老子不干了。拿我当皮球，高兴踢给这个部门，不高兴又踢给另一个部门。该轮到我尝尝做老板炒人家鱿鱼的滋味。"

让人家呼呼喝喝整整十年了，还忍？

难怪打工仔一旦做了老板，神气更加十足。

四

五千万元。

路旁的油脂妹说："我拿一百万砸我老妈子的脸，看她还骂不骂我无用。然后买一层一千万的花园豪宅，用五百万装修。买辆法拉利跑车。其他的，嘻嘻，想到了再告诉你。"

花完了五千万怎么办？

傻瓜，想那么远作甚？

五

五千万元。

街边拾荒的老婆婆瞪大眼睛，咻咻地笑。

"五千万元是多少，我也不懂。我每天可以捡得二三十元破烂，要捡多久才有五千万元。我不会算。怎么用这一笔钱，我也不懂。"

起码不用捡破烂啦，阿婆。

"不行，不行。不捡破烂日子怎么过？"

又是一个白痴！

六

五千万元的故事还可以写很多很多。

有一个故事则非写不可。

因为这个故事的主角又傻又痴。

五千万元拿来做什么好？

做了五十年编辑，编过不少杂志的祁老先生不假思索地笑道：

"好极了，够我再出版五十年杂志。五十年前有这笔钱，应该够编一百年了。就算是月刊，也有一千二百期。不枉此生，乐哉，乐哉！"

败家子如油脂妹都还有一层花园豪宅，一辆法拉利跑车，岂有这样把五千万变成一千二百期杂志的？这还不是傻瓜？这还不是白痴！

祁老先生皱着眉头：唉，司财之神是个文盲，核数司不懂核算精神上的"钱财"。

所以，五千万元的故事最不精彩的是祁老先生的故事。但又是最可爱的故事。因为这故事够傻气。太精明的不可爱。可爱的往往是"傻气"逼人！

花圈

　　一只蜜蜂飞入一张蜘蛛网里。网的另一端，一只黑蜘蛛迅速爬向它的猎物。小蜜蜂扑打着透明的双翼，挣扎着。黑蜘蛛不慌不忙地吐出丝线把小蜜蜂紧紧缚住，直到小蜜蜂动弹不得。

　　一早起来，谭小河就在楼台的花槽旁见到这幕"生与死"的搏斗。

　　网住了！他心里有一阵哀伤，好像被网住的不是那只小蜜蜂，而是他自己。

　　今早，他很心烦。

　　报馆的老编一星期之内打了三次电话给谭小河，说是他的长篇连载小说只有十天的存稿，要他火速把续稿寄来。一星期过去了，谭小河一页续稿都没有寄出。

　　"二十四小时之内你再交不出续稿，我干脆把你的长篇腰斩了！"

今早，老编在电话里咆哮。

若在三年前，谭小河听到这样的话，一定还以颜色。

"腰斩？请便。"

三年前，谭小河如日方中，他的一个中篇小说《花圈》惊动了写作界。一些资深的作家认为，谭小河是个很有潜质的新一代作家。所以，他一冒起就成了各报老编争相物色到自家阵前的将帅。几家日报争相来电话约稿。有的要他写科幻小说；有的要他写流行的言情小说；有一家日报竟然要他写武侠小说。谭小河受宠若惊，同时也十分彷徨。这三种体裁，他都没有写过。但有一点他绝对不会含糊的是，如果"谭小河"三个字同时在三家，或者五家日报上出现，这意味着他日思夜想的作家美誉唾手可得了。这般考虑下来，谭小河"戏开三场"。在甲报上，他写的是《无影剑》；他为乙报撰写的是《从土星上来的侵略者》；丙报上连载的是他的言情小说《人比黄花瘦》。第一年下来，《人比黄花瘦》一书出了两版。《从土星上来的侵略者》也出了两版。《无影剑》虽是只出了一版，但据说销路不错。虽说他后来也写了一两个类似《花圈》的文艺小说，但立即被报馆的老编劝止了，因为卖不了钱。于是他只好顺从老编，也顺从自己的欲望写些"能卖钱的作品"。可惜这好景只有三年，认真说一句，只有两年半，而今就变成一名作品被人列入腰斩的"不入流的作家"。现实就是这般无情。这半年，由于心情不好，他越写越心烦。心越烦，作品越失水准。很多时候，他连自己要写什么也闹不清楚，想到哪儿，或者说故事编到哪儿就落笔到哪儿。

正如今天，老编来催稿，他几乎连写到哪儿也不清楚。

主人公现在在什么地方？和谁在一起？在做些什么事？他都稀里糊涂。好像写到男主人公和他的旧情人在阿尔卑斯山滑雪。故事如何发展下去呢？写得那么老远，他想，人生地不熟，还不如让他们速速返回香港，写香港容易得多。就这样吧，安排他们乘飞机赶回香港再说。回到香港，这里是他的地头，天马行空，他可任由发展。

想是这样想，他没有立即伏案提笔去写他的故事。他痴痴地望着那张网，望着网上的搏斗。那小蜜蜂还想挣扎，但已经没有气力了。谭小河也好像那小蜜蜂一样，顷刻之间也给千丝万缕网得连挣扎的力气也没有了。

如果自己不是出了名呢，他或许不会为名所累。如果《花圈》只是默默被人接受，大概他不会去写《无影剑》，也不会去写《从土星上来的侵略者》，当然也不会有什么念头去写《人比黄花瘦》。没有名气，报馆的老编怎会找上门来。老编不找上门来，他就不会像那小蜜蜂那样飞入那张蜘蛛网。

"为了躲开太太的耳目，男主人公没有和旧情人同机回到香港。虽是一前一后，但两人在离开瑞士时就约好在香港男主人公的别墅幽会……

谭小河握着笔，又开始编故事了。

编出来的故事又可连载多少天，谭小河自己也不清楚。不过有一点他是清楚的，那就是他随时可以给男女主角送一个"花圈"，然后又去开始另一个故事。至于是否也在另制一个花圈送给自己，谁又能知道下文？

辛勤的小蜜蜂已经成了黑蜘蛛的早点。

那张网以及网上小蜜蜂的残骸，吃饱之后"坐镇"网中心的黑蜘蛛，看上去也像一个"花圈"，却比鲜花的花圈更令人心寒罢了。

尴尬的五十

近日来，骆家父子像是中了邪。骆老头无端端把蓄了多年的两撇胡子，一刀子剃得光溜滑净的。而骆家小子，却又学人留了两撇胡子，而且一而再、再而三偷偷地拿了老头子舍不得喝的白兰地，往唇上的胡楂又抹又搽。他听人家说过，搽白兰地酒可以促使胡子长得又黑又浓密。

这可把骆家老妈子弄糊涂了。

"你们一老一少到底发什么花癫？老的要扮年轻，年轻的又想扮老。"

"这不叫扮老。"做儿子的一派风骚，"这叫跟上时代脉搏。男人没有胡子像什么？"

"那，你呢？"老妈子掉转话题问老头子，"你为什么又把胡子刮了？"

老头子没答话。

老妈子心里不由得纳闷起来。这一阵，老头子就是这样神神鬼鬼、魂不附身似的。往日，老头子话也不多说一句。这个把月来，老头子不只话多，有时还自言自语，闹不清他说些什么，甚至还会莫名其妙地揪住她问道：

"我是不是有点老态了？"

过了半百的人，精神不好之时，哪能没有些许老态。就是精神蛮好，头有白发，眼角有鱼尾皱纹，加上一副老花眼镜，又能年轻到哪儿去？

"怎么临老想入花丛？岁月催人老啊！你还是自量点。"

"就怕你提这句岁月催人老，当真从我的脸上可以看出年华逝去的痕迹？"

"生老病死，谁个人生不是这样？操心也没用。"

妇孺之见，妇孺之见！你懂什么？老头子心里叫骂道。五十，好一个尴尬的年纪。离领取老人福利金，还差好大一截年龄。至于何时会给编入失业的行列，却是到了随传随到的时刻。科学越发达，社会就越快老化。人家说的，日怕过午时，人怕过五十。一日之计在于晨，午时一过，眨眼之间就到了日落西山的时刻了。人过五十，唉，今时今日，这年纪却是被视为男人的更年期。而在老板的眼中，却是时刻要清除的"老朽"。在年轻同事的心目中，是他们可以肆无忌惮加以奚落的对象。儿孙们怎么看呢？大抵是把"老家伙"都列为不受欢迎的"亲人"。

在这种种哀伤的笼罩下，骆老头只好认命。今非昔比，若是在骆老头的父亲所处的那个年代，五十，这才是老姜辣的年纪。可不，那年头，骆老头的父亲就因为只有四十九岁，被人认为"嫩"了一点，这就失去给提拔上来当经理的机会。

骆老头今年五十二。当年骆老爹是这个年纪的话，早已当稳了经理了。可是今日，骆老头连个饭碗也未必保得住。

"剃了胡子，看来是年轻了一点。"那天一早，老板见到骆老头子唇边上没了两撇胡子，阴阳怪气地说了一句，"不过，白发不少。"

整整一天，骆老头忐忑不安。下班回家，才一踏入门槛，就一头栽进厕所里。他对着墙上挂着的镜子仔细端详了好一阵，又掏出一面小镜子，倒照着后脑勺，真的，白发不少。每根白发就像淘气的小顽童，朝他扮着鬼脸。他心慌起来，拉开盥洗盆上的梳妆箱，取出染发膏，没命地往头上搽。

就寝时，老妈子闻到染发膏散发出来的那股刺鼻的怪味，惊叫起来：

"你疯啦。上床还搽那么多染发膏。贪好看？"

骆老头翻转身，心里好不委屈。也不知是一时感触，还是事实本来就是这般无情，骆老头觉得整个社会在排挤他。他跟谁都无法沟通，连老妈子也不体谅他这份怕老的心情，安慰的话没有一句。有的是什么"贪好看"、"临老还想入花丛"之类的废话。她唠叨不完。他被迫去听那听不完的唠叨。难怪这世上多的是不完美的婚姻，吵吵闹闹的家庭。为什么癌症多生在五十以后的人的身上！

尴尬的五十！狼狈的五十！该咒骂的五十！

有一晚，她哭了

她住进老人院已经五年了。

三年前，我第一天上班，老人院的姑娘就告诉我。

一眼望过去，她比其他老人健康得多。日常的饮食起居，她自己都能料理，不需要姑娘们特别照顾。她也不是特别多话的老人，但每逢有新的老人入住，她就会兴致勃勃地主动和人家谈起她的子女。

"我有一个儿子，两个女儿。儿子是个博士。两个女儿，一个是博士，一个是硕士，移民了，不在香港。"

一说起自家的儿女，她总忘不了要提到三十年前，儿子念小学时以一篇《母爱》夺得全校作文比赛冠军的事，而且还会出示实物。那就是孩子得到的那张奖状和那篇在课堂贴过的作文。

老人院的姑娘们和住院的老人都见过这两样东西。有兴趣的还读过当年那个十一岁小学生写的作文。

"写得很动人！"读过文章的都这样说，对这位教导有方的母亲多一份尊敬。

每次听到人家对这篇文章的赞赏，她的眼睛就格外闪亮。形容人家的眼睛漂亮，人们总是喜欢用"一双水汪汪的眼睛"。她闪动眼睛时，的确给人一种过多水分的感觉，近似泪花。如果抹去眼角深深的鱼尾纹，她的一双眼睛是漂亮的。

"是啊，是啊，他真的写得很好啊！瞧，老师还有评语呢！"

是的，老师还写了评语，褪了色的红字写道："写母亲对子女的爱，感情真挚动人，写来传神。母爱是伟大的，古今如是。这是一位值得尊敬的母亲！"

有心的人都想见见她老人家的子女。

但是八年来，谁也没见过她的子女来老人院探望过她。她的解释是，他们都很忙，远在外国请假也不容易。

"怎不叫他们接你过去？"

"他们一早就说要接我过去享清福。你们知道啦，我不懂鬼佬的话，不惯啊。反正一个人，住老人院省事得多。他们每月都寄很多钱给我。我对他们说，我老了，又不应酬，要那么多钱作甚。我全给他们退回去了。他们很孝顺，真的很孝顺。我要什么就给什么。"

就我所知，除了每个月有人从加拿大定期寄给院方一张汇票支付一切费用之外，她其实也没有什么额外的零用钱。偶尔，会有人从英国汇点钱给她，数目不多。

我相信她的前半生付出很多。我从姑娘们的口里探知，她年轻时就是一个身兼父职的母亲。似乎没有人知道她夫家那头的情况，显然她是有意回避不提。生长在这样一个单亲家庭里的子女能够接受大学的高等教育，这个母亲的确是有本事的。

尽管她每时每刻都想向人家表示自己很快乐，但直觉告诉我，她的后半生比她的前半生付出更多。

"怎会，我们不曾见她哭过。"老人院的姑娘们不同意我的判断。

有一天半夜，她摸到我的床前，把我叫醒，说是心里有股气堵得她心慌。

我起来喂她吃药。

她突然哭了起来，哭得很伤心，把别人也吵醒了。我慌了手脚，忙问她什么事。

她只摇头，不说话。

折腾了大半夜，我让她吃了点镇定剂，她才睡过去。

第二天，我问她昨晚因什么事不开心，她也不答话。

第三天，她突然对我说，她很快就会死了。

我担心她是否有什么事想不通要自杀，所以关照老人院的姑娘们，这几天要格外小心看顾她。

几天过去，相安无事。

我纳闷得很。那一晚，她为什么哭得这样伤心？

我离开老人院时，她在老人院已经住了八年。

她告诉我，她前半生的戏不是编造的；她的后半生却在编戏过日子。

不要嫌我啰唆

不要嫌我啰唆，我的日子很寂寞，我的心也很寂寞。

一早起来，儿子媳妇全上班去了，孙儿们也上学，屋里冷清清的，只留下一个菲佣，陪着我。

她说的我听不懂，我说的，她摇头。一只鸡，一只鸭，形同两个哑巴。我想打个电话，但我找谁来和我聊天？冬菇嫂几年前就走了；阿艳姨也不在人世。同一辈的，没有一个留在人世上，辈分不同的话不投机，我还能找谁来聊天？你们说，我的日子寂不寂寞？

我每天坐在客厅里，对着天花板，对着四堵墙，无语。直到你们下班回来，我才有机会开腔说话。但我能说什么？我说我周身疼痛，我说我感到寂寞，我说我口渴了想喝水，我说我身边找不到一个可以聊天的人，我说我寂寞得想寻死？

你们说，你们一天在外忙忙碌碌，也很辛苦，希望我不要太啰唆。

我不是要啰唆，我只想找人说话，我只想你们知道这屋里还有我。老人家寂寞，都想找人说话。但是我老迈，足不出户，我能说些什么？我只能诉苦，说身子这儿不舒服，那儿不听使唤。你们当然听得腻了。但除此，我还有什么话题？你们都大了，儿女成群，还能跟你们讲些老掉牙的诸如"孔明借东风"、"乾隆皇游江南"的故事吗？要听这些故事，你们宁可去看电视。讲给孙子听吗？他们要听"龙珠"的故事。我无法和他们沟通。他们也不像你们小时候那个样子，跟祖母什么都可以谈。他们不喜欢老人，老人鸡皮鹤发，样子又丑，他们只喜欢美丽的东西。

我已经活了九十三岁，再这样活下去又有什么意思呢？老年的生活很寂寞，心很寂寞。年轻的生活很累，心很烦。

我说的，你们听得烦，不愿听。

你们嫌我啰唆，我觉得你们不会体贴老人。我每天面壁八九个小时，难得在你们面前说一两句话，诉说心中的烦闷，你们就嫌我啰唆。

你们说，你们一天到晚在外头奔波，难得回家歇口气，我不该像鸡啄米粒，没完没了。说是年纪一大把，身子难免会这儿疼，那儿痛，我得面对现实。这痛苦，别人无法替代，叨念来做什么。

我怪老天为什么不早日收留我，活这么长命做什么？

我说我现在活在世上是受苦，不是享福。

儿辈们说我能活得这么长命，身在福中不知福。

长命不一定是福。长命而不健康，就不是福。

年轻人也叫寂寞，但年轻人能跑会跳，我连下楼都走不动，这才是寂寞难忍。

我因为寂寞才会啰唆。我年轻那阵子，忙一家大小，也像你们一样，只有累的感觉，何来寂寞？

不要嫌我啰唆，我自己也不想啰唆。寂寞比死更不好受。死了，没有一丝儿感觉。但寂寞是在有感觉下生活，这感觉真是叫人生不如死。

"生死有命，你整天念，整日啰唆，又有什么用？"

小一辈的这样说。我不啰唆，我怎么活？

一本词典从书架上掉下来，笑着

今早，他接到一个电话。

"请你出席一个出版发布会。"

打电话来的人，开门见山，没有半句废话。

他心里为之一振，这年头，作家出版书还有人替他开发布会。

"哪位作家的出版发布会？长篇、中篇、短篇、散文或诗？"

他也问得很直接，没有半句废话。

"什么都不是，是名商人的传记出版发布会。"

他只回答两个字："不去！"

"捧捧场嘛。"

"不捧，"他有点不高兴，"要我去，叫他开辆劳斯莱斯来接我。"

"你的架子可真大。"

"不是我的架子大，在商言商，我当他商人。"

"他要是真的开了劳斯莱斯来，你去不去？"

"你想，他会开劳斯莱斯来吗？"

"什么事都可能发生。"

"我是打赤脚的，无处下鞋油，他开劳斯莱斯来做甚？"

这阵子，坊间大小书架上，这类富豪商贾的"传记"成了一枝独秀。书店市场经理告诉他，这类书很好销。

"真的？"

"很多人都想知道这些腰缠万贯的富贾，有什么成功之道。"

他笑起来，从书架上取下一本《新华词典（修订本）》，翻到"奸"字条，有"奸商"一词。

书店市场经理说："作家的生花妙笔可以把他们一生写得充满传奇色彩，精彩绝伦。你不也是作家吗？"

"我不是作家，"他把词典放回书架上，"我手上没有这样一支神来之笔。"

"那是一根秃笔？"书店市场经理带着揶揄的口吻说。

他摊开双手："不是秃笔，也不是生花妙笔，是社会上一根扫描笔。"

离开书店，他对自己自言自语，搞创作的是作家，但不是"成功的作家"。因为搞创作，注定穷，买不起一尺地四五千乃至七八千元的花园豪宅。

"成功的作家"是身怀一支生花妙笔，能替大富豪写传记，名利双收，不但住得起花园豪宅，还有汽车代步。

　　有见地的作家，喜欢为富豪商贾写传记。因为一本传记，可以养活他一辈子，享受一辈子。一个社会养不起一个文学家，他心里这样想。

　　如是，这才有刘以鬯笔下手不离杯的酒徒，醉语连篇，意识混乱得像发酵的面糊。酒徒是个有文学修养的人，但不是成功的作家。

　　发布会开得如何，他不知道。

　　他只知道，书中的主人公近日来因为过去惹官司的事被人揭了底牌，很不开心。

　　替人立传的作家，有没有把这一段也写进去？他也不知道。

　　也没有人知道，为什么书店里书架上那本《新华词典》大笑一声之后，从书架上掉下来。

　　书店的职员听到笑声后，发现一本词典从书架上掉下来，他俯身去拾取时，看到它摊开来。摊开的一页是"女"字部，"奸商"一词正朝着他挤眉弄眼，笑着。

　　书店市场经理走过来，问道："发生了什么事？"

　　职员回答："一本词典从书架上掉下来，笑着。"

神来之笔

她是作家，他也是作家。

她有一支神来之笔，他没有。

所以，她能把猪八戒之丑，写成潘安之美；将牛魔王写成唐僧；把一池浑水污泥，写成水清如明镜，清澈见底。

他不能，因为他的笔不是生花妙笔。

于是，她笑他，她笑众人。

你们著作等身，然买不起三百尺一层楼，签不了一张十万元的支票。

她手上一支笔，提供她入住豪宅，银行存款数字令人咋舌。签一张十万元支票，比她读小学时拿一支笔写"十万"两字还要简单。因为读小学那阵子，她还不知道这个"十万"数字到底是多少。老爸每月工资不出一百元。你说，她何时会认识"十万"是啥东西？现在，她认识十万、百万，却不知道"斗零"（五分钱）是什么；不知道"一个大饼"（一元）

是啥东西，"青蟹"（十元钞票）、"红衫"（百元钞票）似曾相识，不会是朋友就是了。"大牛"（五百元钞票）、"金牛"（一千元钞票）是常见面的朋友，不过也不是贴身的朋友。

初来乍到，她听到有人的稿费一字一元港币，她羡慕得垂涎。一天写一千字，一个月入息已是三万。一年就是三十六万，挨三年已是百万身家。她多么希望自己有一支神来之笔。

她用诗的语言写诗，地产商没有送给她房子。

她用虚构的情节写小说，大老板也没有送她钞票。

直到她用诗的语言把牛魔王写成唐僧，她才意识到原来自己手中握着的正是这神来之笔。

香港的富豪有多少？

她突然聪明起来了，一年为他们各写一本"传记"，十年之后，轮到她可以送一层楼，另请高手用他手上的生花妙笔为她立传了。

她是作家。

你不是，他也不是！

他去应征

一家报纸刊登了半版广告，招聘有经验的副刊编辑。

他已经失业了好长一段时日。这段时日，他只能做点零活，帮一两家出版社校阅清样，有一餐没一顿地过日子。对他来说，这半版广告就是一块充饥的面包。它的诱惑力不是令人垂涎而是予人苟延生命。

他决定去应征。出门前，他小心翼翼地将一本在四十年代出版的诗集，放进一个旧的公文袋。这是一本只百来页的诗集，不重，但他的心觉得很沉。一个人到了要出示过去的履历来证实自己现在仍可以胜任工作时，他在这个社会已经没有什么地位了，他越来越觉得是这样。

当个副刊编辑，应是胜任有余吧，他想。年轻时，他编过好几个副刊，吃编辑这行饭，足足吃了四五十年了。他最后的一份职业也是一家日报的副刊编辑。

报馆人事部的负责人接见他时，先是眉头一皱。他似乎没有觉察到，他报上自己的名字，递上那本书皮发黄的诗集。

他的名字，对方应该不会陌生，他想。好歹这几十年他在社会上也有些薄名。

对方没有翻开那本诗集来瞧，而是用手轻轻将那本诗集拨向桌子一角。

"我们是请副刊编辑。"

"我编了几十年副刊。"他自我介绍。

"在职？"

"不是。"

"退休了？"

他没有回答。这问题实在很难回答。说是被人解雇了，这很不光彩；说是退休了，为何又要前来应征。为了讨一日三餐糊口？自己曾经是个名诗人，这话实在也难启齿。

"闲不住。"他说。

"你留下联络电话，我们回头再和你联络。"

"我有几十年的经验，你们不是要请有经验的副刊编辑吗？"

"年轻有经验的。"

"哦，年轻的！"

出诗集那阵子，他也很年轻，他心里嘀咕着。现在这本诗集的书皮已经发黄了。

他步出会议室时，报馆负责人提醒他："你的诗集。"

"这是一本绝版的诗集。"他说。

"看得出来，纸张印刷都很差。"

"很差，是很差。"他望着手上的诗集，喃喃自语，"老了，什么都给看差了。"

他离开报馆时，在电梯内见到几个人。他不认识他们。他们也不认识他。随后，他还见过谁，或者说谁还见过他，没人知道。

只知道，有一天，一个学者受委托要编写一本《香港作家传略》时，找不到他的资料。

学者叹息道："他是四十年代很有分量的一位诗人。可惜，现在找不到他的一帧相片，连文字资料也很缺。有人说，他后期精神有点问题，住过青山；也有人说，他曾经住在政府的老人院。是生，是死，也没有人知道。类似他这种情况，为数还不少呢！"

学者编撰这本传略时感到棘手。翻阅这本《香港作家传略》的读者漫不经心地说：

"这些作家怎么只有这点资料！"

狗与书

　　那只毛茸茸的狗，不怀好意地咬了我一口，直叫我痛入心扉。我忍无可忍挥手回击它一拳，相信这一拳也叫它痛入心扉。它"嗷"的一声惨叫，退到墙角，翻起嘴唇，露出尖尖的犬牙，朝我嚎吠。

　　"打狗也得看主人，你连主人都不看！"

　　我被它这样一吠，又遭主人这样责骂，有点心虚了。同时，也有点悲自心中来。说起主人，这狗算老几？我认识主人少说也有四十年了。感情好的那段日子，我经常从深夜陪主人到天亮呢。唉，四十年，人家说的十年人事儿番新。何况是四十年。到如今，恐怕已是缘尽了，连一点薄情都荡然无存！如果今天投怀送抱的是这类狗儿，我也只好忍痛挨它一嘴！

　　狗儿当道嘛！

　　我本来是在书房里的。我有个栖身之所，也是近十年八年的事。这就是说，大家的日子好起来了。但日子好起来不等于样样都好起来。诸如环境好起来，我和主人家的感情反而疏远了。艰苦的日子里，我们几乎天天见面。现在，主人家很少踏足我的房间。

有时间，他搓麻将。

有时间，他带着狗儿去散步。

"亚琴，书架上的书就由它搁在架上，摆不上书架的，就给扔了。"

"你的东西你自己不会扔！"

"好，好，我自己扔。"

我就是这样，在离开书房后被狗咬的。这是我万万没有想到的。

主人家看我几乎被他的狗儿碎尸万段，既没有生气，也没有怜惜，这也是我万万没有想到的。二十年前，好朋友向他借了一本书，弄丢了，他大发脾气，差点儿和对方绝了交。

这阵子，他只是指指狗儿的鼻子说："你坏，弄得满地纸屑。"

主人家什么时候和这些狗儿混得如此亲热？早年他不是也写过文章嘲笑"牵狗的女人"？今天他自己却成了"牵狗的男人"！他抱着狗儿嘴对嘴亲热，他和狗儿耳鬓厮磨讲狗话。他甚至牵着狗儿满街跑，不厌其烦地跟在狗屁股后面为它拾掇排泄物。

这世道也变了，我竟然死在废纸厂里的切纸刀下，碎尸万段。我的风光日子也跟着烟消云散。之后，我轮回做成再生纸、制成抹手纸、纸巾、厕纸等等，供人用完之后丢进垃圾桶。

一屋子书

老文化人走了，留下一幢旧屋和一屋子的书籍。

旧屋子容易处理，还可以削价套现。这一屋子旧书就叫小一辈的伤透脑筋了。留着不是，丢也不是。留着，这类方块字书籍，家中能读、愿意读的人，难得找到一个。"书中自有黄金屋，书中自有颜如玉"，对那些读洋书、受洋教育的，一点也派不上用场。这年头，就连留下来装装门面的闲情雅致也欠奉。要丢嘛，又有点对不起自己的老爸。因为，这可是老爸生前视为至宝的"财产"。说句真的，小一辈也不知道，这论万计的书籍，何者是珍贵的藏书，应该留，或者说可以割让给某类书痴，从而套点现款肥肥自己的钱包。这又不像珠宝，可以请人打个价。再说，珠宝专家容易找，这类文字专家，尤其是方块字专家，真可说稀如凤毛麟角。就算能找到这类文字专家，这又涉及面子问题。老文化人的后代居然不懂这些书籍何者是宝，何者不是。话传出去，有辱这"书香世家"的清誉。送给图书馆嘛，图书馆也嫌没地方放。有说文人的财富就是满腹诗书，一屋子藏书。

"有什么屁用？人一死，扔进焚化炉，五分钟化为一缕青烟，满腹诗书又有何用？又能让我们有何获益？这老屋子就算老得要倒了，烂船还有三斤铁。"

儿孙们来到老爸、爷爷家，看到这满屋"废纸"，牢骚不少于这满屋的万册书籍。

"现在要讨论的是如何处置这一屋子的书。"

"打个电话叫废纸厂派车子来拉走就是了。"

"就这样丢了？"

做儿子的想不出办法来，无奈地扫了大家一眼。

"不这样，你要？"另一个儿子冷冷地说。

"老爸生前也写了好几本书，一人留一本做个纪念也好。"

这主意还带有几分温馨。平日里，众小辈谁也不曾进过老爸、爷爷的书房。等到众人走进两间堆满书本的书房，淹没在书海里，他们睁大眼睛，不知所措。

"老人家的著作搁在哪一个书架上的哪一格？"

寻寻觅觅，当然还是做儿子的比孙儿们强，终于找出三数册来，然已累了一个小时有多。

"应该还有。"

"还有？"

明知还有，但一个小时已累得这一群小辈腰酸背疼，谁还有兴趣搬着活动梯子爬高爬低去找？

老文化人一生受用不尽的"财宝"，在一个下午，由废纸厂派来的两部小型客货车，来回走了五趟，拉到废纸厂去，然后由一把锋利无比的电动铡刀，一一铡成碎片，回炉制成纸浆，再制成纸巾、厕纸……

这些书籍挨刀时没有叫出一声。

老文化人的儿子却对人家说，做梦见到老爸抓着脖子大声叫痛：那铡刀好锋利啊！

还是乱一点好

潘老太实在没有想到她的老伴就这样一声不响，说走就走，一句话也没留下。

早上，潘老头对她说，心儿闷闷的，呼吸也有点不顺畅。潘老太召了救护车送他去医院。医生要他留院观察。傍晚，医院就紧急挂电话给潘老太，告诉她潘老头病情恶化。等她赶到医院时，老伴已回魂乏术。

事情来得实在太突然，潘老太像猝然被人从高处推落深渊，六魂七魄飞出窍。

在殡仪馆停柩三天，潘老太守着老伴的灵柩，对着人来人往前来吊丧的亲朋戚友，在子女的陪伴下木然地和他们打着招呼，她想不起她和他们说了些什么。她的感觉是，好像在"节哀顺变"的噪声里，少了另一个和她拌嘴的声音——这个声音，在她几十年的生活里，虽然有时有点儿霸道，也惹她生气。现在这个声音到哪里去了？她像少了一根支撑的拐杖，叫她站立不起来。她兀地感到茫然、失落与孤独。

"你老爸没找他的老花眼镜吗？"她问孩子，"他的东西就爱乱放。我不给他收好，他一辈子也找不到。"

孩子没答她，只是轻轻拍拍老妈的肩膀。

办完老伴的后事，潘老太踏进自己的家门，习惯地走去收拾书房和客厅。

往日，一去收拾客厅和书房，潘老太就得和潘老头拌嘴，不是嫌他看完报纸，沙发上扔一张，茶几上搁一沓，就是说他书房里的笔用完也不将笔套套回去，电脑的电源没有关掉，磁碟东一片、西一片乱丢，杂乱无章。尚幸，潘老头不会抽烟，要不烟屁股、烟灰缸乱放，搞得乌烟瘴气，两个老人家不天天吵架才怪。

每次见到这乱糟糟的场面，潘老太总是这样不停地唠叨："看了就叫人心烦。"

"我又没叫你收拾书房。"潘老头也爱这样拌嘴。

"这样乱糟糟，我就看不惯，你不能改一下习惯吗？"

偶尔吵得凶时，潘老太就恶言恶语说："真不知道当时为什么会嫁给你。"

碰到潘老头心情好时，他会嘻嘻嘻笑着说："不就嫁了几十年。"

若是碰到他老人家心情欠佳，也会顶撞她："我也不知道当时为什么会娶你。"

"现在离婚也不迟。"

嘴是拌了，婚却始终没离。

"这叫冤家相聚。"潘老头打哈哈说。

今天，潘老太见到客厅收拾得整整齐齐，来到书房，书房也不凌乱。这是潘老头走前她收拾好保持下来的现状。

"为什么一点儿都不乱？"

以前，她很执着要保持这种整整齐齐的现状。今天，这整整齐齐的现状却令她感到异样的反常。反常得叫她突然泪珠盈眶。

"还是乱一点好，还是乱一点好！"

她喃喃自语。

她把书房里的电脑的电源开了，把收在磁碟盒里的磁碟散开在电脑台上。她从笔筒里取出一根圆珠笔，取下笔套，手一松，笔套落在地上。她看到一幅乱象。乱象中，重叠着几十年的温馨。

"还是乱一点好！"

她忍不住让泪珠掉落在电脑台上。

八哥的悲剧

　　吃晚饭的时候，林乔如告诉太太如娟，他今早驾车在路上撞死了一只八哥。那是一只圆胖圆胖的八哥。

　　"会有这样的事？"太太如娟有点不信，"那一定是只病鸟，不是病鸟也准是一只蠢鸟了。"

　　"它是不是病鸟，我不知道。但我相信它不是一只蠢鸟。"

　　"不是蠢鸟，会走在马路上白白让你撞死？"

　　"奇怪就奇怪在这里。鸟儿是很敏捷的动物，眼锐耳聪，会飞会跳，一有什么动静，早已一溜烟飞得无影无踪了。它却让我给撞死。"

　　"难道这鸟是聋的，瞎的？听不见车子开过来的马达声，也瞧不见这庞然大物朝它撞过来？"

　　"它不像聋，也不像瞎。我见它是想飞走的，但好像体态臃肿，一时飞不起来。我刚才说了，它是一只圆胖圆胖的鸟儿。"

林太如娟放好三菜一汤佳肴，漫不经心地说了一句：

"鸟儿应该在林子里生活，不该跑到马路上来。"

林乔如夹了一箸菜放进碗里，扒了一口饭，也漫不经心地说道："这马路本来就是它们的林子。人类跑来这里盖高楼大厦，住上人，树林没有了，鸟儿只好被迫与人为伍。"

"这和它被撞死有什么关系？"

林乔如嚼着饭菜："或许就是因为与人为伍日子久了，与人在都市里争食，受人同化，见人不怕人，见车不避车，这就招来杀身之祸。"

"但不管怎么说，逃生或是避开危险是动物的天性，它不该待在马路上白让你撞死。"

"千不该，万不该，鸟儿不该与人类混在一起生活。混入人类这个圈子，它们就变了。有说，早起的鸟儿有虫吃，可是它们现在不去找虫吃，而是在人类吃剩的残羹剩菜堆中寻吃。它们跑到小贩中心、熟食中心的地面、桌上捡吃。虾面、炒粿条、咖喱鸡，等等，等等，它们也像人类那样吃起荤来了。结果是，和人类一样，胆固醇增高，体态发胖，行动迟缓，血压偏高，心肌梗死，心脏出了问题，汽车开过来，想避，行动又迟钝，不就做了轮下鬼！"

"它们可以到草丛里找虫果腹，吃这些油腻作甚？"

"这年头，找片鲍鱼比找条蚯蚓，或是一只蚱蜢容易得多。"

"这真是鸟儿的悲剧！"

"这是住在城市里的鸟儿的悲剧。"

"说来，它们还是受人类所害！砍了它们的森林，盖了高楼大厦，之后又去绿化，鸟儿又不知人类的脾气，在树丫上住下了，早晚叽叽喳喳，扰人清梦。人类一投诉，打鸟队背着枪支，实弹，'叭叭'的枪声下，一只只横尸路上。"

"人类的脾气本来就是不易捉摸的，这才是真正的悲剧！"

林太如娟一边收拾碗筷，一边自言自语。

不说一句话

亲朋戚友问起她家老妈妈的近况时，她回答说，老人家终日痴痴呆呆，不说一句话。

"准是患了老年痴呆症，人老了，是这样子的。"

老人家的确一天到晚不说一句话，说给谁听呢？身边只有一个菲籍女佣。女菲佣不懂汉语，也不懂方言。她又不懂英语，一只鸡一只鸭如何沟通？女儿一个星期难得回来一次，见了面，她只是和女菲佣交代一些事务，放下买来给老人家一星期食用的物品之后，就匆匆走了，说是要回家照顾自己的一对儿女。老人家连开口的机会都没有，还谈什么拉家常，说些她心里想说的话，谈些她心里牵挂的事。就是身子哪儿不舒服，她也来不及申诉，女儿就"嘭"的一声把门带上，留下一个思家的女佣，一个挂念家事的她。

她有很多话要说，她很想女儿能坐在自己的身边，听她说话，听她讲过去的故事，甜的，苦的，辣的，酸的。有人听她讲，她心里就舒服，安慰。她很想问女儿，工作累不累？身子可是好好的？女婿对她好吗？两个外孙儿女听不听话，读书用功不用功？最想说的是，她好想念两个外孙儿女。

怎么不带来给她看一看？

"应该让老人家多看看她的外孙儿女，"老一辈的人对她说，"不要丢她老人家一个人在家。"

"我怎敢让孩子去看她，痴痴呆呆的，还不吓坏小孩子。他们说她是'女巫'。"

"这样子老人家会感到很寂寞的。"

"还有个女佣陪着她嘛。"

"女佣不亲嘛。"

母亲节，女儿带着外孙，在外子的陪同下，由外子开着车子，带老人家出外用餐庆祝母亲节。一路上，老人家的脸色格外亮丽。她很想开口说话，但一时不知说什么好。因为她很久没开过口说话。

在餐厅里，女儿要了一客沙律龙虾。老人家皱了皱眉头，心里嘀咕着，女儿患有皮肤过敏症，怎能吃龙虾。看到女儿伸出筷子夹了一片龙虾。老人家立即伸出筷子夹住女儿的筷子。

"你这是干什么？"女儿杏眼一瞪，很不高兴地撇下筷子。

"你自己不会夹呀。"

老人家很委屈，眼珠里闪着泪光。她想说："你有皮肤敏感症，吃不得虾。"

但她说不出来，因为女儿难看的脸色吓得她说不出话来。

做女婿的夹了一箸龙虾放在老人家碗里。

老人家端起饭碗，默默地扒着饭。

显然，这顿饭大家吃得很不开心，吃得很不自在。尤其是老人家心里更加悲戚戚的。

母亲节过后，老人家真的痴呆了，不说一句话。

第一次搭地铁

　　胡老头年逾九十，近三十年来，他几乎很少出门，充其量在自家组屋楼下散散步，或是在附近走走。地铁通车至今，他还没乘坐过地铁。用他的话来说，车子在地层冲来撞去，没有街景，叫他如何认路，该在哪里下车？

　　"列车员逢站都报。"有人这样说。

　　"他用的语言我听不懂。"

　　"每个站都有站名嘛。"

　　"但用的文字，我看不懂。"

　　"让你坐巴士，你同样也看不懂街名。德国神农，写的是 Bras Basah Road。"

　　"可以认建筑物嘛。诸如首都戏院还在。"

　　"有些建筑物都拆了，你认什么？"

　　"说的也是。但写上中文，我们能认路名，也还叫得出口，很容易就做到嘛。好过全都打横写，认又认不得，叫又叫不出口。英国人在桃花岛，街名还有中文。以后，中文街名全取消了。我出门就成了瞎子。"

这样容易做得到的事，胡老头等了三十年，今天才听说街名和地铁站要用中文标明了。他通过儿子索取到一张全岛地铁路线图。

"我今天就去乘地铁环游全岛。"

做儿子的怕他在地铁里迷路，问他："要我陪你去吗？"

"不用。"

"你是第一次搭地铁。"

"有中文提示，还怕迷了路？"

从文礼到巴西立；从滨海湾到兀兰。胡老头最后上了新建成的东北线。列车抵达海港湾终点站。

胡老头睡着了。有人发觉他没有下车。于是上前摇醒他。

但胡老头没有醒过来。

胡老头是第一次搭地铁，也是最后一次搭地铁。

武大郎开店

　　他明明是一公尺七十五公分的堂堂男子汉，为什么叫他三寸丁武大郎？莫非他的长相如武大郎般其貌不扬？非也，非也！他是一名如假包换的俊男。

　　莫非他是卖烧饼的？非也，非也。他是某大公司新上任的人事部经理。那么是因为他家中有位尤物潘金莲？也不。

　　叫他三寸丁武大郎，那是自他升任某公司的人事部经理之后传开的。半年里，他用了四个秘书。做得最长久的是两个月，短的三个星期，四个人不是被他"炒"了的，就是自己辞职不干。被他炒的不是工作能力低，恰恰相反，是能力太强。能力强，就像一个站起来一公尺八十公分的人，他矮了下属足足五公分，这叫他脸上无光。辞职不干的，也觉得他们这个上司是属于武大郎开店那一类，继续干下去，自己变成二寸丁人不像人、鬼不像鬼的怪物了。

　　最后，他挑选了一个一公尺五十公分的三十岁小姐当他的女秘书。

"很不称啊,"他的朋友调侃说,"站起来足足矮你二十五公分。"

"没关系。"他说,"听话就行。"

他说的听话,是指他说一,对方不会说二。因为没有这个能力说不同的意见。身高矮他二十五公分,学识差他二十个等级,他就可以摆起架子自以为是,老子天下第一。

如是,人们经常可以在各种场合听到他训人的话:"我左手可以写英文,右手同时可以写中文。左边脑可以主持会议,右边脑可以同步布置 A 计划。你们行不行?你们能学到我的一点皮毛,就终生受用不尽了。"

那个做了三个星期之所以被他"炒"掉的人,就是因为顶了他一句:"我的脚还能写大字呢。"

"你能!"

那个做了三星期的人,脱了鞋子和袜子,用脚趾夹起毛笔,蘸了墨汁,一笔写了个草书"行"字,写得颇像有书法根底的人。

他一看,脸色铁青:你行,那就让你"行"好了。当即送给他一个辞退的"大信封"。

行就行呗,那个做了三个星期秘书的拍拍屁股就走,正眼都没瞧他一眼。

老伴看他做了三个星期就"告老"回家,问他这算哪门子脾气。

他回答老伴："那是武大郎开的烧饼店。"

老伴一时摸不着头脑："你怎么会到烧饼店工作？你应征的不是电子工程公司的工作吗？"

"武大郎可以开烧饼店，也可以开电子工程公司。"

开店

老廖退休已经两年了。从有固定收入变成没有收入，退休后过的是吃老本的生活。五千年中华文化有一句精辟的话叫：坐吃山空。老廖一想起这句话，心里也就犯愁。如何是好？

朋友给他出主意说："你手上还有一笔公积金，投资做点小生意，不就可以了。"

"做什么生意也得要有个门面或是办公室，这年头，租金不便宜，做了不够还租，还不是竹篮打水一场空。"

"民以食为天，"朋友建议说，"租个摊位做点小吃，应该有得赚。"

"我自己又不熟悉烹调，做什么小吃？生意不好，同样赚了不够还租金。生意好，我这年纪又应付不来，不行，不行。"

正当他举棋不定之时，那天在电梯里见到邻居一个小女孩抱着一条松毛狗走进来。平日里老廖见到的是一条黑松毛狗，今日怎的变成一条雪白的松毛狗，他于是逗着小女孩问："又买了一条狗啊？"

小女孩天真地说："它是露露。"

"露露不是黑色的吗？"

"妈咪送去宠物店，把它漂白了。"

没错，时下兴漂染。有人把黑头发染成蓝的、红的、灰的、杂色或白的，也有染成金黄色的，十足洋人派儿。

出了电梯，一个在电梯外等候的安娣见了小女孩手中的白毛狗，笑眯眯赞了一声："好漂亮的白狗！"

老廖心里一亮：何不开间漂染店，做做漂染肤色的生意？近日来不是有调查报告指出，约有四分之一的中华民族后代来世不做中国人，而想做白人吗？这个数字具体有多少人，没有详细的统计，相当可观吧。若是开这样一间漂染店，生意额应该很可观。有得赚的，老廖心想，而且是做下去还有得做，说不定这四分之一的下一代会给他带来百分之八九十的生意做呢！

于是，他决定开一间皮肤漂染店，并拟好广告：不必等下一代，现在就可实现，请到老廖皮肤漂染店来。工精价廉，保证满意，像足洋人。

漂染店开张的第一天，光顾的是老廖的长孙子Peter廖。

"Grandpa, put me white. 我要变白。"

老廖两眼一翻：关店！

牵狗散步的人多了

　　叶地山拨通电话，可是耳机里传来的不是他要找的人的声音。

　　"ABC宠物店。"

　　"对不起，打错了。"

　　大概是拨错了最后一个号码吧，他想。

　　于是，他再一次重按电话机上的字码键钮。

　　"爱心宠物酒店。"

　　怎么搞的，又是宠物店。

　　第三次回复是："乐龄敬老院。"

　　人老了，什么都不管用了。很熟悉的电话，怎么现在拨起来全错了！一切乱了套，健康乱了套，记忆乱了套，思维也乱了套。他只好东翻西找，把那本残旧的私人专用的电话手抄本找出来。

　　拨了第四次电话，才算找到要找的人。

"听到你的声音就高兴了。"叶地山对着话筒和对方聊起来，"我还以为又打错到什么宠物店或是老人院。一早给你挂了三次电话，全错了，不是打到宠物店，就是打到老人院。"

"我还没有这么好命呢，"对方打哈哈道，"我若能变成宠物，摆在宠物店里卖，还不错哩。老弟，吃得好，住得好，有人服侍。还有个身价呢。"

"说的也是，近年来，宠物店成行成市，我们那个年代，谁有闲情玩这玩意儿。那阵子，想找间宠物店看看都难，准是生意好，利润又高，这些狗狗猫猫才能当道。"

"利润不高，生意不好，谁来做？如今一条名种狗，比养个老爸还昂贵啦。养个老爸，每月给千儿几百，就可以打发走，交给老人院。养只狗，哼，一个月送到宠物服务中心冲几次凉，修几次狗甲，这笔账也不比养个老爸便宜，还没有算畜生吃的看病的开销。"

"是啊，是啊。一条日本锦鲤，十万元有人买，一个老爸，一万都不值。"

"三个电话，两个打到宠物店，一个打到老人院，很正常。不足为怪，不足为怪。你我的电话迟早也要换到老人院去。"

叶地山一手拿着电话，愣在那儿不说话。

这年头，牵狗出来散步的人多了，宠物店生意好起来，超级市场有专门的货架摆卖给畜生享用的罐头食品。

挽着自己的父母出来散步的人少了，老人院的生意于是也兴旺起来。

电话什么时候中断的，叶地山没有去留意。

等他重新拨通电话，一个听起来不怎么友善的女性的声音说道："他带狗散步去了。"

"他不是很怕狗的吗？"

叶地山自言自语。

星期一

星期一。又是星期一!

闹钟响过三遍,他还赖在床上。

他不喜欢星期一。星期一给他的压迫感是累,好累。

"好累,我应该请病假。"他对自己说,"请了病假,星期二才有精神继续工作,才能把工作做好。一个星期最好上五天班,星期天和星期一是法定的休息日。"

他喜欢星期天,他讨厌星期一。星期一的出现,意味着他需要连续为三餐一宿拼搏六天。几十年累积下来,他除了感到累,没有别的感觉。印象之中,他对星期一不曾有过好感,除非那一天是公共假期。

闹钟响第四遍,他勉强起床,胡乱洗了脸,匆匆上班去。

地铁车厢里挤满了人。他不小心踩着一个人的脚。被踩的人瞪起眼睛瞅着他。车子进站时,有人站不稳,撞着身旁的人，吵架了。

星期一，所有的人脾气都不好，他想。

星期一，大家的精神都不好，学生精神不好，老师精神不好，打工仔精神不好，写字楼的小姐精神不好。主任、经理，甚至老板情绪也极差，脾气也躁。

星期一是个杀人的日子；星期一是个令人发狂的日子，他想。

有人在星期一从高处扔下一个空的石油气罐。

有人在星期一无缘无故把车子开上人行道，把行人撞伤了。

两个住在公屋的老人在星期一因为争用厕所，持刀相向，把对方刺伤了。

星期一，意外的事特别多，他想。

星期一实在令人讨厌，银行挤满人，存钱的，取钱的。因为星期六银行只办公半天，星期天休业。一到星期一，每间银行都是人山人海。

他在银行足足等了半个钟头，才把手上十几张支票办理妥当。

"上银行，一去半个多钟头。"女秘书脸黑黑的。

"你知道今天是星期几？"他冲着女秘书问。平日，他很少这样冲动。

"你吃了什么火药？关星期几什么事？"

"今天是星期一！"他涨红着脸大叫。

这一叫，吓得办公室里的人一个个停下手中的工作，吃惊地望着他。

"看什么？今天不是星期一吗？"

女秘书吓出病来了，一个星期没能上班。

下一个星期一，轮到他不用上班了。

老板把他"炒"了。

今天我休息

今天是一九九四年元旦。今天我休息。

昨天晚上，我再三对自己说，明天我休息，天塌下来也要休息。

往年，逢年过节，公司要加班加点，我没说过一声我要休息。其实，即使公司不加班加点，我自己也会四处找替工赚外快。

打从去年圣诞节被老板派去深圳出差，我就开始对自己说，今后休假日，我要休息。有特别的理由吗？我找不出来。我只是突然觉得自己该享有休息的权利。

元旦，是圣诞节过后第一个公共假日。

一九九三年十二月三十一日晚上十一时五十九分五十秒，大家在为迎接一九九四年元旦的来临齐声倒数时，我就对自己说：明天我休息。天塌下来也要休息。

一九九四年凌晨零时，我撕下一九九三年最后的一页日历，然后跑到小小的露台，对着苍穹，振臂高呼：今天我休息！

接着，我痛痛快快地看了一页书，熄了床头灯，甜甜睡去了。

不知睡了多久，一阵讨厌的电话铃声把我吵醒。

我抓起电话。

听筒里传来："是阿黄吗？"

一听声音，我就知道是谁打来的。若是平时，我一定毕恭毕敬地问一声："老细（老板），有什么事？"

但此时此刻，我心中很不想听到这一个代表公司的声音。

"如果没有搭错线，我就是阿黄。"

"搭错线？我怎会搭错线？现在是六点半，无论如何，你今天上午去一趟深圳……"

"今天我休息。"

"休息也得去。事情重要。"

"你找别人去，好不好？今天我休息。"

"我找谁？"

"彼得张啰。"

"他到现在还没有回家，我上哪儿找？"

"阿伦呢？"

"不说别人啦，找到你，你就去一趟。"

"不行，今天我休息。"

"不要推三推四，帮个忙，去一趟。上午去，下午就回来。"

"今天我休息。"

我撂下电话。不到一分钟，电话又响了。

"我都说了，今天我休息。"

"不去，炒了你！"老板在电话里咆哮。

"炒就炒，今天我休息。"

"炒！"这回是对方撂下电话了。

我扭开电视机。新闻播音员在报告元旦第一个"抢闸"出世的婴儿。

这是一个幸福的小婴儿。今天他也休息，睡得很香甜。

但我一早就被老板的电话吵醒。

我走进浴室，墙上挂着的那面镜子不知道是铺上去的水银变了质，还是我的样子本来就是这样，照出来的是个还有一年零两个月就是六十岁的老头。

今天我休息。我对着镜子里的老头说。

镜子里的老头也对着我傻乎乎地笑着：你今天才休息？

掌声过后

一阵伊哇声响起，一群人蜂拥过来；无数镁光灯闪亮，他从此迷失在十里尘雾中。

他对医生说，他有病。医生问他："什么地方不舒服？"

"夜里睡不着。"他答。

"有事烦着你吗？"

他想了想："只是因为听不到掌声。"

"你是演员吗？或者说，表演者。比如说，乐器演奏家？"

"不是。我是作家。"

"诗人？"

"我写诗。"

"人家说，写诗是一项寂寞的工作，诗人走的路更是一条寂寞的路。掌声与诗人无关。"

"三年前，有人请我作学术报告，有人邀请我出席国际学术会议，我听到掌声。"他抬起头来望了医生一眼，"之后就像吃了白粉。你明白吗？听不到掌声，或者掌声不是送给我的，就睡不下。"

医生收起诊筒："你应该到戒毒所去。"

"我没有吸毒。"他辩解道。

"你刚才不是说了，听惯掌声，就像吃了白粉。"

"我说的是掌声，不是白粉。"

"都一样，一种是对生理上的破坏，一种是对心理上的破坏。"

"有掌声的戒毒所吗？"

"有，"医生说，"做个真正的诗人。"

"我本来就是个诗人。"

"可惜，你是一个喜欢听掌声的诗人。"

"喜欢听掌声有什么不对？"

"没有不对。不过，它令你失眠。"

"寂寞同样令人失眠。"

"那是你接受了掌声之后，才有的现象。"

不幸踩中了这条成语

麦步新吃了大半辈子教育饭，退休之后，不偏不倚踩中了"祸不单行"这条成语。刚退休那一小段日子，他还能靠替中小学生补习中文维持生计。可是教着教着，就像王小二过年，一年不如一年。到了前些日子，麦步新已经濒临无粮断炊了。

俗话说："船到桥头自然直。"近日来，大气候频频吹送凉风。他本来虚火上升，浑身不自在，不舒服。这阵子，他也被这阵拂面凉风吹得舒舒服服，飘飘然。正如香港人说的"有得捞了"。他在报纸的分类广告刊登了一则"资深中文老师上门补习"的启事。一个上午就收了四个学生。这一来不用再像十年前那样，一天到晚弹着："长铗归来兮，食无鱼。"

第一天去学生家里上课，家长对他说，除了学校的功课之外，每次上课要教他的孩子一句成语。

问他："OK？"

他说："OK。"

说句老实话，要他教成语，难不倒他。五千年中华文化里，成语有多少？一个星期上三天课，教三条成语，教他个五年，也教不完。

第一天教完学生的课业，他突然犹豫起来，第一句成语教那一句？正在斟酌，一声空雷响起。

有了："空雷不雨。"

学生问："什么意思？"

他说："只打雷，不下雨。"

学生又问："什么意思？"

他说："比喻，只说不做，就可以用这句成语来形容。"

"只说不做和打雷下雨有什么关系？"

"只叽叽呱呱说，不像打雷吗？打了雷，应该有雨下，但又没有下雨。叽叽呱呱说了不做，不像空雷不雨吗？"

学生像出恭那样"哦"了一声。不说话了。

待他起身准备回家时，雷声阵阵，天开始下起毛毛雨。

"现在有雷，也有雨。"学生说。

"好，我今天来个大赠送，学一条，我再送一条。"他说，"雷声大，雨点小。说话又多又大声，做起来就像猫撒尿几小滴，就可以用雷声大，雨点小来形容。"

学生开门送"客"，对他说道："老师，我还是不喜欢中文。"

这回轮到他像出恭那样"哦"一声了。

"为什么？"麦步新问他的学生，"部长、总理都在大声呼吁大家，努力学习中文。"

他的学生指着近门口处的小台桌上放着的信件。他扫了一眼，是些水电或是银行、信用卡的月结单。

"全是用英文写的。"

这下子，他连出恭"哦"一声都没敢出。

"你刚才说了一句什么？"学生突然问他。

"说了一句什么？"

"雷声大……"

"雷声大，雨点……"

他把话打住了。心里却想：雷声大，雨点小，好过只听楼梯响，不见人下来。

他在成语的包围中撑起一把破伞，迎着细雨回家。

"雷声大"足以吓唬人。楼梯响，有点像魔术师施放烟幕："看看看，我手上的球。一声'变'，哈，没了！"

我本来就不该有此一跤的

巴士车来到交通灯前二十米左右，交通灯由绿转黄，司机本能地来个急刹车。车子在红灯亮起时及时停住。

由于惯性作用，他来不及留神，脚站不稳，手掌抓了个空，就这样重重地摔倒在车厢里。

按理他是不该摔此一跤的。只因为没有人愿意让座给他这个银发族。本来有个空位子可以让他坐下的，奈何他面前那个比他年轻得多的妇女将一个塑料袋搁在座位上，占去了一个他本来可以坐下的位子。他之所以没有开口要那妇女将塑料袋移开，让出位子给他坐下，事缘早些日子，他也曾遇到一个妇女将手提袋搁在身边的位子上，他开口请那个妇女将手提袋挪一挪，让他这个年逾古稀的老人有个位子坐，谁知却被那个妇女恶狠狠瞪眼睛："位子上不能搁东西吗？"随即给他个新加坡人形容的"脸臭臭"的脸色。他对自己说，以后如果遇到这种情况，除非对方自觉将物件移开，否则他宁愿站着。

摔下去那一刻，他听见车厢里有人尖叫起来。坐着的没动，站着的缩成一团。他摔下去的位置，正好是在那个注明让给年老、孕妇或手抱婴儿及伤残人士享用的座位前。两个年轻男女头靠头坐在那位子上卿卿我我。

尚好，他腰身还硬朗，很快自己站起身来。他觉得有点难为情。偌大一个大人，竟然在年轻人面前摔跤！

那两个年轻男女先是吓了一跳，过后看到一个老人摔倒在他们面前，跟着"咯咯咯"笑了起来。

开巴士的年轻司机从倒后镜看到他摔倒了，说道："Uncle，你自己要站'好势'（闽语：站稳）。"

站"好势"，怎样站"好势"？

"我本来就不该有此一跤的。"他喃喃自语。

它是看第五波道的

　　星期天，林老头和老伴做完晨运，突然心血来潮提议去探望儿子。自从儿子搬进私人公寓，老两口只在新居入伙时去过一次，算起来是半年前的事了。儿子的公寓装修得当然比他老两口住的三房式组屋漂亮豪华得多。也因为过于豪华，老两口一进屋子，就觉得很不自在，深怕碰坏了他们家里丁点儿东西，自讨没趣，所以只去过一次，就不想再去"叨光"。他以为，屋子大小，装修如何，只要住得舒服就是上乘。

　　"瞧你说的，现在是什么年代？一套家私，用了三年就嫌没有新鲜感了，还像你我，一张床睡了三十年也不想换。说真的，你不是有什么事要找你儿子吧？"

　　"找他一定要有事吗？"

　　用楼下的对讲机按响了儿子的门铃，这才开了旁边的铁门，让他们进去。经过公寓保安的亭前，依手续填报来访者的身份资料。之后，乘电梯上楼，再次按响门铃。

儿子一脸惊讶地望着两个老的："有事吗？"

"没事。"

老两口在宽敞的客厅沙发上坐下。

儿子问："吃过早餐了吗？"

"吃了。"

"你们随便坐，我忙着一份 project。"

"爱玲呢？"

做母亲的问。

"她做礼拜去了。"儿子在书房回答。

出来和老人家做伴的是那只晚上和儿子睡在冷气房，不看门守夜的斑点狗。

坐了一阵。林老头觉得有点被冷落得无聊，顺手抓了放在茶几上的电视遥控器，开了电视。出现在电视荧屏上的是第五波道[①]。林老头将电视台转到第八波道[②]。谁知那只高头大马的斑点狗竟朝林老头狂吠。

"你发神经？自己人也吠。这畜生养不熟。"

儿子听老爸在骂他的斑点狗，在书房里回说："它是看惯第五波道的。"

---

①②第五波道是英语电视台；第八波道是汉语电视台。

"它看惯第五波道？"林老头一时不知道这话是什么意思。那斑点狗还在一路吠下去。

"欧比，quiet！"

斑点狗不吠了，跑回书房去。林老头像是明白了些什么。骂了那畜生一声："Something wrong！"

斑点狗听到林老头骂它"Something wrong"，从书房里跑出来。

林老头对老伴说："走啦。"随手关了第八波道。

一路上，林老头莫名其妙地喃喃自语："它是看惯第五波道的！"

宠物

考获经济学硕士的侄儿放弃一份优差不做却去开宠物店。

我对他说，读了那么多书去开宠物店，有点类似不务正业，很可惜。

"再说，读书人做老板，少有不赔了夫人又折兵的。你小心为是。"

谁会想到我那侄儿却赚了大钱。他的宠物店门庭若市，而且俨然成了一名饲养、买卖宠物的专家，真叫人刮目相待了。

我问他，做这一行有什么成功的秘诀。

他笑而不答，说是商业秘密。

送走了当天上门来的最后一名顾客，两名助手也下了班，他拉我到酒廊喝酒去。

三杯下肚，他略有微醺。他问我："如果你养宠物，你挑什么？"

"我对宠物是没有什么好感的。"我说，"不过——如果要我随意挑一样来养，首先我要挑模样儿怪趣的，或者说讨人喜爱的。"

"正确。"

"性情要驯服的，会咬人的，不养。"

"也对。"

"要听话，叫它来就来，通晓人话，才能沟通感情。"

"有道理。"

"还有，要忠心。"

"说来听听，说来听听。"

"比如狗，就很忠心，你向东，它跟你向东。你打它，它也不恨你，见到你还会摇摇尾巴呢，多惹人好感，逗人喜爱。"

"还有别的要求吗？"

"我看没有了。具备这些，这宠物就很可爱了。"

不过，有一点我不明白的是，香港六百万人口，一个朋友在那儿开了一家宠物店，结果负债累累，清盘结业。桃花岛只四百万人口，消费能力反而强过香港！

"桃花岛人性温驯，适合养宠物。"侄儿说，"你想，东帝汶的人爱养宠物吗？"

离开酒廊，侄儿突然问我："你想养宠物吗？我送一样给你。”

“哪一样？”

“鹦鹉。”侄儿说，“养鹦鹉比养猫狗简单。你只需一条小链子套住它的脚，把它锁在鹦鹉架上就行了，不必像猫狗那样，还得人服侍它们的大小二便。饲料也便宜，鹦鹉的食量也没有猫狗大。再说，你叫它学人话，它唱得比你说的还好听。养不养？”

我没有答复他。我担心养着养着，自己也变成鹦鹉，成了他人的宠物。

猫儿多比

歌舞升平，狗猫得宠，这世道你还有什么不满意的吗？

桃花岛国的狗猫，养在家里的，可说是养尊处优一类。不是主人家自己亲力亲为，就是有女佣早晚服侍。谁若不小心伤害它们，锒铛入狱，早有先例。狗就更加不用说了，猪可以宰来卖，宰来吃，吃狗肉可是犯法的。桃花国的流浪猫，哪有点儿流浪的模样？富裕的桃花岛国人民把流浪猫豢养得肥肥胖胖的。一早出来晒晒太阳，伸伸懒腰。傍晚悠哉闲哉等候有心人来喂养。这生活哪儿是穷国家的人民想象得出来的。当然，桃花岛国的猫也不会知道何以在某些穷得不见颗粒的国家，猫儿都不见一只，狗儿也难找一条，能吃的早都拿来果腹了。

桃花岛国一只名为"多比"的猫就有过一次"毕生难忘的逃亡经历"。它吃好住好，为什么会落难到埃塞俄比亚去？说来说去，都是女主人害了它。

女主人走遍了世界所有富裕的国家，这天突然心血来潮，要去一些穷国家走走，于是也把心爱的"多比"带上。

这一飞，就飞去埃塞俄比亚。谁知飞机在埃塞俄比亚上空失事坠落。

俗话说：猫有九条命。"多比"捡回一条小命。它从飞机残骸中没命逃脱之后，一口气跑了一箭之遥。惊魂甫定，这才趴在一处垃圾边喘气。烈日当空，"多比"感到口干舌燥。它从来没见过这样糟的环境。

"那是什么？"一个声音来自近处。

"管它是什么，能吃就行。"

"够我们三个人吃。"

"多比"定睛朝声音来源处搜索。三个皮包骨、赤身裸体的小男孩，手握小木棍，小心翼翼地朝它逼近。

"你们想杀猫？"没让"多比"抗议，一根小木棍以慢动作飞过来，落在它的身边。显然，他们饿得拿不出力气来。

"狗不能吃，猫也是不能吃的。"

饥不择食，还分什么能吃不能吃。这肥肥胖胖的东西哪有不能吃的。三个饿得发昏的流浪儿见掷出去的木棍打不着目标，只好爬过来准备肉搏。

"多比"这才惊觉应该觅路逃生，尽快地逃出这杀机重重的困境。可是它太胖了，动作迟缓，若是遇上真正的猎人，一定成为猎品。只是这三个骨瘦如柴的小男孩饿得连气力也没有。猎物近在咫尺，却跃不出一尺将它擒住。

一只逃，三个追。逃的逃得窝囊，追的追得气喘。"多比"好不容易脱险，但是噩梦不断。只要被"人"撞见，都想围捕它来充饥。

猫是会爬树的，可是"多比"不会爬树。那是因为在桃花岛国吃得太好了。脂肪太厚，身子太重。猫是能搏斗的，但是"多比"无能搏斗，那是因为在桃花岛国它受到很好的照顾。

"多比"有没有被饥民捉去果腹，没有下文，不过它有一段难忘的经历，这是肯定的。

歌舞升平，狗猫睡冷气房的日子，随时会有噩梦！

桃花岛国的"多比"何时可以脱离险境，能否摆脱险境，这就看它的"造化"了。

口舌费

公元二零二五年，他的老爸咽气之前，说了一句："这口气咽不下。"

众子孙听了大吃一惊！

老头子哑了二十五年，怎么突然能开口说话了？

老头子不是天生哑巴。他一向很健谈，国事、家事、文学、艺术、乃至女人，无所不能谈。只是不知为什么，有一天，老头子半夜从外头回来，绷着脸，一句话不说，进房倒头就睡。老伴问他出了什么事，他没答，就这样哑了。家人带他到医院检查，也查不出什么结果。看过不少西医，也请教过能医奇难杂症的中医，甚至茅山师父，都没效。

"没得医了。"众子女对老妈妈说。

"有得医的，"老妈妈说，"我知道他心里有个结，找不到这个哑结，是医不好的。"

老头子哑了之后，生活习惯也来了个一百八十度大转变。早年《南洋商报》与《星洲日报》没有合并之前，他一天起码读三四份报纸。人哑了之后，他连报纸也不读了。

老朋友都想帮他找出病因，以便对症下药。

"会不会是装出来的？"

"无端端装哑巴作甚？要装也装疯。"

"装疯有什么好？"

"至少可以装疯骂人。疯子骂人，法律可以网开一面。"

有人笑了："正常人说话，也要负法律责任。说歪了，要付口舌费。口舌费可多可少，你要是惹上财大气粗的达官显要，你得付个千儿百万。付不起，最好不要说话。"

"你是说老头子怕惹上麻烦，付不起口舌费，才装哑？"

"他没有装哑。他只是决定不说话罢了。"

这是不是结论，参与讨论的谁也没表态。

因为，他们突然明白什么叫"祸从口出"。

老百姓不是很多人付得起高昂的口舌费的。因为他们的法律知识很肤浅。这是个要付昂贵的代价才能开口说话的社会。

"这口气我咽不下！"老头子哑了二十五年，临终开口说的是这样一句"没头没脑"的话。

老伴两眼泪水，"冤枉！"

医务界的权威说，今后发病率居首位的不是癌症或心脏病，而是哑巴。

奇怪的是，后天哑的，临终时都会说："这口气我咽不下！"

摇羽毛扇的人

我很少在就寝之前喝那些带有兴奋性质的饮料，因为怕睡不好。今晚不知为了什么缘故，临睡前喝了一大杯浓郁的咖啡。结果整晚无法入睡。我破例吃了一颗安眠药。这下可好，竟然到了西天见到诸葛孔明。

在诸葛孔明的客厅里，我们相对而坐。我自觉矮了他大半截。毕竟他是个料事如神的大军师，既能呼风又能唤雨，令人膜拜。

"诸葛先生，您能否告诉我，怎样做个聪明人？"

诸葛先生捻着下颚的胡子，含笑问我："你不就是个聪明人？"

"我是一介草民，能聪明到哪儿去？"

"你觉得我很聪明吗？"

"您不聪明，还有谁聪明？"

"其实我和你一样。"诸葛先生说，"我比你聪明，因为我躲在幕后最安全的地方，摇羽毛扇，运筹帷幄。

"事成之后，坐上马车，你们现在不坐马车，你们是登上'罗厘车'，登高一呼，就成了英雄。你比我笨，因为你在前面冲锋陷阵，抛头颅洒热血，前仆后继。也就是说，你在前面吃子弹，我在幕后喝鸡汤。结果是你死了，我活着，我享有荣华富贵，你是白骨一堆。有座共祭的纪念碑，把你的名字写上去，算是万幸。活下来的，跟着众人朝殿堂上的英雄山呼'万岁，万岁，万万岁'之后，又再打回原形。这算是好的收场。

"若是成了战国夫差写给范蠡的信说的：'狡兔死，走狗烹'，那就真的是可悲了。这是最笨的。"

"真是听君一席话胜读十年书。但我还是不明白，为什么还会有那么多的人自愿去当马前卒，冲锋陷阵，抛头颅洒热血，把别人捧上来当皇帝，却让自己下地狱？"

诸葛孔明一听哈哈大笑："这是因为，一是你不读书；二是你读书太多。不读书，摇羽毛扇的人一煽动，你就盲从，跟着跑。读太多书，满怀理想抱负，摇羽毛扇的，就会利用你的抱负，把你煽动起来。你也会跟着跑。你是属于读太多书的书呆子。"

"那么摇羽毛扇如你，又是属于哪类人？"

"会看时机，会投机的人。刘备三顾茅庐，属于会看时机，我出草庐，是懂得投机。可惜，天助司马懿。"

真正有才华的人是会投机的人。

当然，还得碰上时来运到的好时机。

梦醒，我没再到梦里去请教诸葛孔明。

骑脚踏车的日子

　　谢老头没有单独带孙子逛过公园。一句话，谢老头不曾和孙子单独出门。那是因为儿子和儿媳妇不让他单独带孙子出门。他们生怕老人家人老，行动不够敏捷，乘车过马路不只不方便，而且有危险。还有一个重要的理由是，做儿子的担心若是让老爸经常单独带孙子外出，老人家会伺机和小孩讲汉语。久而久之，势必影响小孩用英语应对的能力。平日，有儿媳妇在家照看，早有一堵藩篱隔在祖孙之间。大家约法三章，祖孙交谈，不许用汉语。有言在先，谢老头唯有用英语和孙子沟通。尚幸，谢老头也能说上几句英语，而且说得也像个样儿。要不，荒腔走调，还是免开尊口。家中的菲律宾女佣，英语虽然不算标准，到底还是英语，比说汉语好。发音不够标准，不算地道，还可以纠正。新加坡人说的英语不也是有人批评不够地道吗？只要不讲汉语，一切都好办。

　　儿子成家立业之后，谢老头开始发觉自己越来越孤独。

老伴在世时，还有个说话的人。现在他要说话就只有找几个老朋友到组屋的咖啡店聊天，或是到书城附近的庆昌咖啡店叙旧。他不喜欢称"书城"为"百胜楼"，特别是中文在社会上滑坡之后。他认为聚集中华文化五千年"书香"的地方，不再为之呐喊的话，叫嚷"百胜"也没用，"百胜"还是"输定"了。他没想到的是，"百胜"还没有彻底"输定"时，他先在自己家里成了"输家"。孩子本是中文学校毕业出来的，不知何时肤色变白了。从语言到生活习惯也由"黄"变"白"。等他惊觉时，为时已晚。儿子已经成为一个被社会划为"讲英语的华人"，他自己成了"讲汉语的华人"。他很想扭转这个劣势，但他发现自己处在功利的重压之下，就如孙行者被佛祖封压在大山之下，什么法力也无用。他会遇上西行取经的唐僧吗？抱孙之日，谢老头有几分冲动，这幼苗可得给他灌点儿"中文甘露"。可是，一"敌"二，再加上周围的大气候，说什么他这小胳膊是拗不过人家大象般的粗腿。孙子是直属儿子、儿媳妇的，他们不让老人家摸摸孙子，他又能怎样？父亲是一家之主的歌儿，现在是不唱了，唱也不灵。谢老头没单独带过孙子出门，也就不足为怪。看来要给这棵幼苗施予一点老祖宗的甘露也不是一件容易的事。

日前，儿媳妇娘家从加拿大来电催她回去一趟。大概是有些什么麻烦的事情要她去处理，要回去两个星期，所以没把孙子带走。

现在儿子又要出国公干，三两天就回来。不得已，只好把孙子留给女佣看管。

儿子是星期五出国的。星期六谢老头问孙子，要不要去公园玩。

有得玩，哪会不去的？孙子点头说："要！"

谢老头第一次有机会单独带孙子出门玩了。

到了白沙公园，孙子吵着要骑脚踏车。

"你会骑？"谢老头不得不用英语和孙子沟通。

孙子点头。

"你什么时候学会骑脚踏车的？"

"爸爸、妈妈带我来公园时，我都骑。"

"爷爷和你一起骑。"

"你会？"

"我不会？"谢老头抛了一个微笑给小孙子看。

提起骑脚踏车，年轻时，谢老头身手不凡呢！可不，他是靠骑脚踏车替杂货店送货来养活一家的。穿街走巷，虽说那个年代，马路上的车辆没有现在多，但脚踏车后架放着杂货，有时两旁还架上一桶煤油，或是大半袋米，少点力气与骑车的技术，别想讨这份生活。

"今天爷爷载你。"

"不要，我自己骑。"

"好，一人骑一辆。"

小孙子骑脚踏车是取乐。谢老头本来也是有几分陪着玩的情趣。谁知骑着骑着，竟然骑出一眶泪水。那年头，儿子要入学，上中文学校得交学费；上英校，学费豁免。这是英国人推行殖民教育的手段。谁个心里不清楚？

"上中文学校。"他只说了这四个字。这就辛苦了谢老头大半辈子支付儿子由小学到大学这笔教育费。说真的，承受"数典忘祖"的压力，远远超过骑车送货。虽说谢老头骑脚踏车的功力了得，但马有失蹄的时候，谢老头也曾经在不平坦的小弄里翻过车。当然，摔坏了的货物，自己得掏口袋补货送给客户。骑脚踏车可不是小孙子玩得乐意快慰的事。如今谢老头在脚踏车上回想起往日这段骑脚踏车的日子，犹如满口塞进一把刚从旧腌坛捞出来的酸腌菜，酸透心扉。一代人还没走完最后一程，小孙子已经不会用汉语和他沟通了。

心一分散，谢老头的脚踏车撞上了草坪上供人休息的木凳。车子一歪，人从车上摔下来。尚幸，年轻时的功架还在。谢老头只是受了点皮外伤。

"Grandpa falls down！"

小孙子惊呼起来。谢老头低头查看一下，膝盖擦伤了，淌着血珠。看不到淌血的地方，却是心灵深处。谢老头心一凉。

晨光下，小孙子的肤色白得像雪。

习惯就好

认识宋之文的人都知道他是一个满腹牢骚的人。正如此刻，他挂电话给每周三聚会的"饮茶友"高波文发牢骚：

"岂有此理，我家小子一早拨电话来，不说家乡话，不说汉语，竟然当我是老外，和我讲英语，数典忘祖。"

高波文在电话那头开解道："看开点啦，老弟，习惯就好。"

他放下电话，心里还是愤愤不平，喃喃自语："什么习惯就好。当我是香蕉人！"

宋之文的另一半在厨房里朝客厅喊话："你到超级市场买面包，面包吃完了。"

宋之文趿拉着一双便鞋下楼，二十分钟后返回来，拉长着脸："一个面包涨两毛钱，一罐'香焖花生'，四毛五涨到六毛六，涨幅达百分之四十七。"

"你不知道面粉涨价百分之二十吗？"

"一包面粉可以做多少个面包？"

"一肚子牢骚也没用，涨都涨啦，习惯就好。"

一伙人在咖啡座的一个角落喝咖啡，摆龙门阵，说起现在大公司都不聘用接线生，而是采用录音。

宋之文牢骚又来了："我一听电话录音就不想听了。就只会叫你press1，press2，不说半句汉语。Press得你满头大汗，不知所云。"

众人回答他："是这样啦，习惯就好。"

宋之文心中有火："消费税从百分之三涨到百分之五，现在涨到百分之七，再过一阵子又不知道要涨多少？也是习惯就好？"

众人回说："涨多少就涨多少，你不调整自己的思路，能怎样？不就是习惯就好。"

"物价年年涨，而且是猛涨。一百块钱现在能捏成几瓣？就算买了年金，日后一个月发给你三几百元，做盐不够咸，做醋不够酸，顶什么用。早年拨入公积金的每一元的币值可以买多少东西？四十年后，从公积金里头拿到的一元币值只够喝一杯咖啡，缩水缩了多少？"

"见怪不怪，习惯就好。钞票的币值，逐年缩水，这是常识。所以现在大家不留钞票，买黄金，买房地产。"

"房地产像鬼上身，一尺地三千多元，十五万元买不到购物街一间豪华公寓五十平方尺的一个厕所。"

“谁叫你去购物街的豪华公寓买厕所？”

“地下赌场要严厉取缔，公开赌场大兴土木，你们说，赌博到底犯不犯法？”

“桃花岛上的事，你不需要多管，对还是不对，习惯就好。”

宋之文还想开口。

有人阻止他：“小心，牢骚太多防肠断。”

“诸位海涵，不是我牢骚多，你们也来个……”

“习惯就好。”

ERM世界

开门七件事，大家见了面都"涨红了脸"。

黎民百姓袋子里的钱越揣越轻，轻得让你感觉不到重量。

"什么都涨了价啊！"低收入的一群每天见面都这样叹气。

"涨价是无可避免的。"看得开的说，"半个世纪来，有哪样东西不涨反落的？"

"没有。"六七十岁的银发族一口咬定。

当他们数着手上的钞票时都明白，钞票越来越"缩水"。五六十年前，手里一百块钱可以养活一个大家庭，今天手里的一百元，爱抽烟的只够买五包香烟。

"还不够我的孩子买一只名牌球鞋。"在超级市场当收银员的卢太抱怨说。

听卢太这么抱怨，在收银台前准备付款的老头子说："这年头有那样东西不加价？你们超级市场很多货也都加了价。"

"还好，阳光空气是免费任取任用，如果连这个也要收钱，加价。那就是大灾难了。"

"谁告诉你空气阳光是免费的？"

"你交过空气费和阳光费嘛？"

"你没有交过空气和阳光费吗？"老头子从供顾客载购物用的小推车里把买的东西，一件件拿出来放到收银机的台面，谈笑似的说道。

"没有。"收银员卢太一边将手里拿着的货物往收银机上的小红灯前扫描，一边漫不经心地说。

"不是没有交，是你交了都不知道。不是没有加价，年年加价你也不知道。"

"有这样的事？"卢太抬起头来扫了老头子一眼。

"比如你住在一间窗户不多的房子，你想让房子多有一些阳光，你将木质的窗户改为玻璃窗户，你所得到的这额外的阳光是不是用钱买来的？"

"那是改窗户的费用，怎能算是阳光费？"

"你改窗户是为了额外获取阳光，是属于阳光附加费。"老头子拿着眼睛打量卢太，似乎在问她不是这样吗？他看卢太没有搭腔，又说道："在一间千万元的公寓里，你所享受到的阳光一定比一间三房式组屋里的阳光贵。"

"你说得倒神奇，我想都没想过。"卢太拿起一袋苹果，想不起来这类苹果的卖价，侧头问对面收银机的同事："什么价钱？"

对面收银机的同事望一望卢太手上那袋苹果："五粒二元三角半。每个人在大街上走来走去，这阳光需要额外付钱吗？"

"当然要。烈日当空，你觉得热，要在树荫底下躲阴凉，两旁种的树要花钱。你说，你获得这些树木过滤后的阳光柔柔和和的，是不是花钱换来的？"

"植树是环境发展部的工作，钱是用他们的，绿化没有向老百姓要钱啊。"

"你享用的东西要用钱换来就不是免费的。你不是直接在'阳光'这个项目上缴费，你是在不知名目下缴的附加费。"

卢太虽然无言以对，她还是不服所言："空气不需要缴费吧？"

"你在美国内华达山吸一口空气一定比在桃花岛吸一口空气贵得多。你在桃花岛购物街的黄金地带的千万元公寓的阳台上吸一口空气，一定比在所谓的唐人街的'死人街'吸一口空气贵得多。很多人以为阳光空气不用钱买，大家有权享受。"

卢太把手上最后一件商品放在收银机的小红灯前将价钱扫描完毕，看着收银机上收费的显示屏打出来的数字，对老头子说："多谢，九十八元七角五分。"

老头子从钱包里掏出两张面额五十元的钞票交给卢太："我老爸那个年代，一百元可以养活我们兄弟姐妹五六个，现在一百元只够买半推车的东西。"

卢太不知是感同身受呢，还是脑子里还在想老头子刚才举例说的那些事情，脱口说了一句："这是个钱的世界。"

老头子将找赎回来的一元二角五分钱小心收好，推着购物车离开收银台时，回过头对卢太说："有人将公路电子收费闸的ERP戏谑为Everyday rob people，这不仅是个钱的世界，而且是个ERM世界。"

卢太嘴里跟着咕哝道："ERM世界。"

什么是ERM世界？Everyday rob money。

优雅社会另类风景线之一

　　这是一个大好的星期天早上，风和日丽，越发让人感到我们这个优雅社会的可爱。

　　昨晚，汤申夫妇就替两位老人家打点好入住老人院的简单便当。小两口一夜无梦，一觉到天亮。女佣为他们准备好的早餐，他们也没想要吃。汤申把轿车由车房开出大门口，把两位老人家哄上车，没来得及和自家两位宝贝说一句话，就"呼"的一声把车开走了。

　　两个老人家坐在车子后座，一路上没说一句话。开车的儿子汤申和他身边的太太丽碧佳，一路上也是没有说话。坐在后座的老人家觉得车里的冷气太冷。坐在前座的年轻夫妇觉得车里的冷气比往日来得凉爽。

　　车子到了武吉知马上段一家私人开设的老人院门前停下。老人院里走出两个姑娘到车前帮忙开了车门，把两位木木讷讷的老人家引进老人院里，帮他们安排好床位。

"你们放心，这里很多老人，他们不会寂寞的。"

"很好。"做儿子的说。

他们和老人院的负责人低声搭讪几句，就离开老人院了，没有还给老人家一个他们期望的眼神。

上了车，丽碧佳把右手掌放在汤申的左腿上："轻松了。"

一路上，这个优雅社会沿途的风景线都变得格外可爱了，就像年轻可爱的美少女。是的，生活里没有老人碍手碍脚总是可爱的。

家里的两个小宝贝见到爸爸和妈妈回来，唯独不见爷爷和奶奶也回来。

"爷爷和奶奶呢？"

爸爸没回答。妈妈也没回答。

"奶奶懂得回家吗？"小女孩问。

"爷爷奶奶不回家了。"妈妈回答。

"不回家，住哪里？"小女孩又问。

"住老人院。"

"老人院是什么地方？"小女孩问她妈妈。

"老人住的地方。"

"你老了，也送你去老人院。"

做妈妈的脸色一沉，睁大一双牛眼："你敢！"

优雅社会另类风景线之二

今天是陈老头第三次到珍珠大厦一家卖三枪牌的衬衣店挑选衬衣。前两次，他挑选之后都没有买下来。

招呼他的店老板很耐心地对陈老头说："三枪牌，二十元买两件，很值啊，老伯。"

"嘿嘿。"陈老头嘴里应着，还是像三天前那样拿不定主意。要不是因为就快过年，他才舍不得考虑要花这二十元买两件新衣服呢。他家里能穿的衬衣还多呢，起码还有十来件，只是旧了一点。

店老板见陈老头犹疑不决，献策道："你手上拿着的那一件，款式颜色都很称你穿。"

陈老头把衣服拿到胸前比了比："会不会太艳了点？七老八十的，穿得太花哨不合适。"

"不会的。颜色太沉，老人家穿起来反而不好看。"

"一口价，不能再减？"

"已经是特价了。行情好时，一件都不只卖二十元。现在行情淡，亏着卖，套点现金周转。真的，没有赚您的。货比三家，您老伯都来过三趟啦。"

听店老板这么说，陈老头也有些不好意思了。人老珠黄就如孩子手上一张用过的废车票，随时都会被扔掉。没有经济来源，要花个十元八块，他还能不精打细算？

陈老头小心摸出钱包，掏出两张十元钞票递给店老板。

店老板礼貌地说声"谢谢"，把陈老头挑选的两件衬衣放进一个塑料袋，递给陈老头。

"我上午到珍珠大厦的钱币商汇钱，见到老爸在一间衬衣店挑衣服。二十元两件衬衣，他起码挑了二十分钟。"陈老头的儿子傍晚回家来，对太太伊芙琳说。

太太没有回应，她正忙着替她的小狗儿试新装。替她的小狗儿穿好新衣服后，她得意扬扬地对丈夫说："好看不？"

"好看。"

每天早上上班前，陈太伊芙琳一定要亲自带她的小狗到楼下附近遛遛。她心情好时，小狗在草地上拉屎，她会戴上塑胶手套，用废塑料袋把粪便捡起来扔进路边的垃圾桶。遇上她心情不好，她干脆把小狗拉走，留下那脏兮兮的排泄物在草地上。

这几天，她也许是不经意，没有注意到又有一家狗店新开张。今早她才注意到这家新开张的狗店。狗店的名字很特别：Me You Love。

吃晚餐时，陈太伊芙琳对丈夫说："看来这狗生意很赚钱，瞧，又一家新狗店开张了。这条街，就有三家做狗生意的。"

"养狗的人多了，狗店当然就好生意啦。"

"说的是。一件狗衣服贵过人穿的。几十元一件。"

"几十元！过百都不稀奇。眼下你这小宝贝身上穿的起码一百二十元啦。"丈夫说。

"你真懂行情，说起来还是值得，你瞧，Doli 穿起来多亮丽！"

"你买了几件？"

"不同款式的，买了两件。"

老爸要讨一本汉语词典

想起老爸生前穷困潦倒，家徒四壁，过的是一穷二白的生活，杜旺发决定在今年清明节将他目前享有的也烧一套给老爸在阴府享用。

首先，他决定烧一间洋楼给老爸老妈。当年他们一家七口住在"甘榜"一间简陋的亚答屋，没有水电供应。下雨时，屋内就得摆满接盛雨水的大大小小器具。床头雨滴，床尾漏水。好不窝囊。所以，他对老爸说："给您烧一间洋楼，好让您和老妈住得舒服些。有冷气机、有冰柜、有电视……对了，烧给您一部手机，方便您和一众老朋友约会，找个幽雅的地方摆龙门阵。你们阴府也该有个诸如桃花岛的购物街让人购物、饮食和休闲等娱乐的地方吧。

"老爸，您生前很劳碌，出门都难得有钱坐巴士。我就给您烧一辆汽车，配个司机。因为您没有驾驶执照。以后，您要出门，就可吩咐司机送您到处去。"

杜旺发的另一半献策道："应该给老爸老妈烧两个女佣服侍他们老人家。"

　　"还是你想得周到。"杜旺发说，"说来说去，还是袋子里有钱最重要。应该给老人家多烧点纸钱。八百亿面额一张，烧几大扎，该够他们老人家用的了。"

　　"不知道他们那儿的货币会不会贬值？如果大贬值，还不成了废纸？不如到卖元宝蜡烛的店去登记一张无限额的信用卡，任由他们去刷卡。"

　　"对，就这样。"杜旺发想想又说道，"应该给他们老人家办两本护照，好出外旅游开心。老爸老妈一辈子都没出过门，我们游过半个地球。我现在是一家跨国公司的总裁，年薪三几百万，要风得风，要雨得雨。如果老爸袋子里有钱，不也可以在他那儿开间公司，自己当总裁，威风威风。"

　　一切考虑妥当，杜旺发吩咐纸扎店依他下的订单制作。

　　清明节，当空把这些烧了之后，杜旺发像放下心头大石："我有的，您也享有了。过去，我们一无所有。现在，应有的，我们尽有。您说呢。"

　　清明过后，老爸半夜入梦来。

　　"家里有那么多东西，你该会担心打破一些瓶瓶罐罐吧。这些东西我倒不想要。烧本汉语词典给我吧，我看你家里也少了这个东西。我想十有八九，你是文盲了。你连你老爸的中文名字都写错。"

杜旺发惊醒过来。

"什么事？"睡在身边的伴侣，半醒半睡问道。

"老爸要一本汉语词典。说我把他的中文名字写错了。"

"他能收到东西不就行了。名字写错有什么要紧。"

"老爸还说我是文盲。"

"你听你老爸说的。"杜旺发的另一半说，"过两天，他们那儿的街名也全改成英文街名，谁当文盲？睡吧。"

"我们家里有汉语词典吗？"

"没有。你到书城楼去买一本不就得了。"

杜旺发没有给他老爸烧去一本汉语词典。他老爸来讨了几次之后，不再来讨了。杜旺发的老爸最后一次来讨汉语词典时，骂了他一句："脑袋瓜都让人掏空了，家里有这些瓶瓶罐罐有什么用？数典忘祖，还像个人吗？"

杜旺发老爸的一众朋友对杜旺发说："有得花，有得用，有得住，生活过得写意就行了，你老爸做什么讨这本汉语词典？"

猩猩与万花筒

　　养在动物园里的猩猩阿敏生性难驯。饲养员阿里为此伤透脑筋。

　　"下来！"阿里拿着一扇香蕉向躲在树上的阿敏摇着，想诱骗它下来。阿敏就是不下来。最初，阿里用香蕉做诱饵，阿敏总是经不起诱惑，乖乖就范。后来阿里再拿香蕉哄它，它正眼都不看了。它知道，饲养员阿里每天都会定时给它送香蕉进食。

　　"要想办法制服这家伙才行，要不其他的动物有样学样，这动物园就难管了。"问题是提出来了——"要制服它"，但阿里还没有找到解决的方法。

　　有一天，阿里闲得无聊，拿了个本来要送给自己小儿子耍乐的万花筒，坐在树下自我娱乐，冷不防被阿敏从背后伸手把万花筒抢过手，打转身一溜烟，飞身上树。

　　"下来！"阿里朝树上的阿敏喝道。

阿敏一手攀着树枝,一手拿起万花筒,学着阿里眯起一只眼睛对着万花筒的小孔往里瞧。这一瞧,阿敏高兴得手舞足蹈,叽里呱啦叫着。

"这家伙看到什么这么高兴?"

万花筒里能有什么东西看的?不就是几小块五颜六色的玻璃碎片在三片玻璃镜的折射下,呈现出令人眼花缭乱的构图么?这奇形怪状的构图背后意味着什么,阿敏未必懂得。它下意识觉得好看,好玩,就是了。阿敏以前没看过万花筒里的"世界"。现在,手一摇,就有这些五彩缤纷跳跃着的东西看。用时下的话来说,这叫"创意世界"。对阿敏来说,动物园里的环境并无新意。

阿里毕竟比猩猩聪明。这家伙要哄它还不容易?每天拿个不同款式的万花筒在它面前晃晃摇摇,阿敏就会乖乖来到他的身边,把一个又一个的万花筒拿走。当然,要拿走这些五彩缤纷的万花筒是要付出代价的。阿敏唯有听话,让阿里拿条不粗也不细的铁链套在脖子上。阿里拉着它走东,它跟阿里走东,阿里要它走南,它不会走北。

不知何年何月之后,猩猩阿敏不再迷看万花筒了。它已经老了。阿里置身于这个万花筒世界一辈子,同样也老了。

山君与武松

　　雄鸡一唱天下白，做事勤快的老狐狸出来巡山之时，见到山脚下有个人，摇摇晃晃朝山坡丛林走来。老狐狸提高警惕，遵照来者不善、善者不来的教导，躲开来人自行飞奔下山探个虚实，企图摸清上山者的底细，看他是何方神圣。

　　在山下的酒铺，老狐狸听到有人在说话："武松又喝醉了，朝山里去。"

　　正是："皇帝不急，太监急。"老狐狸一听，不敢怠慢，立即放开四脚，飞快跑回山上。

　　老狐狸在山腰丛林处见到山大王，赶紧汇报道："报告山大王，大事不好了，有个人正朝山上来。"

　　山大王眼前一亮，精神抖擞，一早就有早餐主动送上门来。

　　"有什么大事不好了，来一个，我食一个，来两个，我吃一双。"

"不是啊，山大王，来的是你的死对头武松。"

"武松？"山大王一听，初时还有点震惊。武松是景阳冈打虎英雄，确实是它山君的死对头。山大王稍作镇定之后问老狐狸："他喝了酒吗？"

老狐狸回答："应该是喝了酒。我看他走路，脚跟不着地似的。山下酒铺里的酒客也说，他喝了酒。"

"你说他叫武松？"山大王再问老狐狸。

"是的，酒铺里的人，都这样叫他。"

"这年头，同名同姓的很多。他是哪里的武松？"

"不像是从景阳冈来的。"

"你怎知道他不是从景阳冈来的？"

老狐狸道："我们这里不是景阳冈。他从这里上山，当然不是从景阳冈来的。"

"那你怎么气急败坏来通风报信？"

"武松是打虎英雄啊。你不防着点？"

"你少安毋躁，不是凡叫武松的人都是打虎英雄。有的武松连狗熊都不敢碰。他只是一只羔羊。"

"他如果是羔羊，不怕你把他吃了？"

"他不知道这山里有大虫。"

"他会不会是另类'明知山有虎，偏向虎山行'的危险人物。"

"我都说了，不是叫武松的人都是有上景阳冈那个武松的一身武艺或是胆量。尤其是我们这里的武松，你只告诉他，我们这里有大虫，他就会绕道而走，绝不会'明知山有虎，偏向虎山行'。"

老狐狸会意地眨眨眼："那，你就没有后顾之忧了。"

山君说："世事没有绝对的。什么时候我们这里跑出一个打虎的武松，谁说得上？不过，眼下是绝对可以放心的。"

那个上山来的有没有给山大王当早餐吃了？没有下文。

这是虎年里新编的"山君与武松"的虎故事。看官诸君，你们千万不要传给小孩子听。小孩子不懂事，说给大人听则无妨。

虎年野史

——施耐庵、山君、武松、李逵

寅年出生的人，最怕遇上武松。

"为什么？"

"你没听说过武松在景阳冈上打虎的故事吗？"

"哦，我明白了。老虎是被武松打死的。"

"其实，老虎更怕李逵。老虎在沂岭吃了李逵的老母亲，李逵一怒之下，直上沂岭，双斧砍死了四只老虎。"

"但施耐庵没有把李逵当作打虎英雄来讴歌。"

"施耐庵同样没有把梁山泊一众出生入死的英雄列入一百零八个好汉里去。反倒把那个窝囊废的宋公明哥哥抬上梁山泊一百零八个好汉之首，颂之为'及时雨'。"

"真的是施耐庵的笔误。把真正的杀虎英雄李逵，写成武松。"

"其实，武松只是不信景阳冈下的酒家所说：'三碗不过冈'，逗强喝了三大碗酒，醉醺醺上了景阳冈，遇上老虎，才有这段'武松打虎'的故事。这和李逵专门上山去寻那吃了他老母亲的山君，怒杀四只大虫的故事不可同日而语。"

"读《水浒传》的人只会欣赏那一百零八个梁山泊好汉，就是没看到还有无数另类的'一百个零八个好汉'为梁山泊冲锋陷阵！整部梁山泊就只有'及时雨'等一百零八个好汉。中国封建社会每个朝代，就只记载坐上帝位的人的丰功伟绩。"

"这就是历史。古今中外的历史都把功劳记在几个人的身上，名下。"

"所以，史不可信。尤其是在位的皇帝高薪聘请的史学家执笔写的历史，更不可信。"

有人问施耐庵，如果要他重写《水浒传》的话，一百零八个好汉的人数是否有所增减。

施耐庵回说："重写，我就得尊重历史了。人物有增，也有减。"

"那么，'及时雨'宋公明哥哥是不是还是梁山泊的首领？"

"我想应该改为卢俊义较为合情理。因为晁盖有言在先，捉得史文恭者，不问是谁，便为寨主。史文恭是被'玉麒麟'卢俊义所捉，理所当然，他应该是梁山泊镇寨之人。只是我基于某种原因，没让他坐上梁山泊第一把交椅，而是把功劳记在'及时雨'宋公明的身上。"施耐庵说。

"这是你的笔误。至于这打虎英雄该归武松，或是李逵？"

施耐庵平静地说："两者都是打虎英雄。"

问起山君，愿意死在李逵的斧下，还是死在武松的拳下。

山君回说：两者皆不愿。这森林本来就在我的势力范围内，我怎么可以无端死在这两人手上？

读者问施耐庵："那怎么办？"

施耐庵回说："就交给我的后代去处理吧。历史是怎样，就是怎样。"

这是虎年里另类虎故事的野史。诸位看官，过年不出门拜年，留在家里自行消遣可也。

与虎谋皮

山大王在森林里称王称霸多年，森林里一众飞禽走兽都得看它的脸色过日子。谁也不敢越过雷池一步。森林里的生存之道，弱肉强食，大家心中有数。狮子虽是森林之王，但在十二生肖里排不上号，加上年老体衰，早已被山君一伙亲信架空，只得引退，乐得偏安一方。

山大虫在森林里得天独厚，养尊处优，享有丰富的"贡品"，毛色自然丰泽。

一众蝼蚁说："我们山大王日子一定过得很温暖，瞧它一身毛色，冬天也不会冻死。我们就可怜了，身上光光的，什么也没有。这个冬天还不给冻死吗？"

于是，一众蝼蚁开会商量派谁去和山大王商谈借用它的毛皮用一用，好让它们度过这个冬天。

"山大王肯借给我们吗？"

"只向它借用一个冬天罢了，我想山大王应该很大方的。"

但是派谁去，大家争论不休。谁也没有胆量去和山君面对面谈这件事。因为慑于山大王的威严，谁也害怕万一一言不合，小命就保不住了。

从早上商量到夕阳西沉，最后众蚁推蚁群中的长老去。

"您是长辈，最有资格前去见山大王。"

蝼蚁长老只得勉为其难，"披甲上阵"。

见过山君，蝼蚁长老说了很多恭维的话，希望能打动山君怜悯之心。

山大王听完蝼蚁长老的话，胡须倒竖："你们竟敢和我谋皮！"

"不不不，山大王，我们不是向您谋皮。只是借用一个冬天，让我们能活命。"

"你们要活命。我没有皮，怎么活命？"

"大王您身体结实。"

"混账！当王的，身体就该比你们结实，比你们长命。冻死你们，只是区区的一些蝼蚁。冻死我，就是一条大虫，你们知道事态有多严重？你竟敢跑来向我谋皮！"

一众蝼蚁从天亮等到天黑，不见它们的长老回来。大家心知不妙，决定连夜搬家，从地面上搬入底层。这就是为什么蝼蚁的家会安在底层地下。

蝼蚁犯的错误就是，不偏不倚，踩中了这条成语，不该"与虎谋皮"。

我懂英语

Henry 陈瀚文前往 Bernard Shaw Brothers Co., Ltd. 见他们的人事部经理时，信心十足。他自信对方招揽人才所要求的条件，他都具备。

Bernard Shaw Brothers Co.Ltd. 人事部经理 Mr. Smith 接见陈瀚文时，很客气地用中文和他打个招呼："欢迎您，陈先生。"

Henry 陈瀚文却用英语毕恭毕敬地回应他。

"我们用中文好吗？"

Henry 陈瀚文对 Mr. Smith 说："I am familiar with English."

"我明白，您的资料上写得很清楚。"

Henry 陈瀚文感到有点纳闷。这洋人干吗不用英语和他交谈？偏偏要挑他不怎么灵光的中文来沟通？"他的中文很行吗？"Henry 陈瀚文心里想："我再差，也比你这个老外强。"

"你对中文很感兴趣？"

Mr. Smith 告诉陈瀚文："我有个中文名字叫'史班固'。班固是一个文人，是撰写《汉书》的作者。"

陈瀚文耳根有点发热："我没听过这个人的名字。"

"你读过李白的《静夜思》，'床前明月光'这首诗吧。"

陈瀚文两眼望着鼻尖，没有回答。他没读过一首古人写的诗。李白是谁，他不知道。他之所以两眼望着鼻尖没有回话，是深怕如果他回答他不知李白是谁，这个史班固会笑话他。如果他做了回应，回头这个史班固就会没完没了和他讨论中文文学的事，他将很尴尬。如是，他两眼望着鼻尖，不回应。

Mr. Smith 不再用中文和陈瀚文交谈，改用英语。他问了一些他想知道的有关陈瀚文的个人资料。

面试下来，陈瀚文的英语没有受到严峻的考验，反而是他的中文受到意想不到的挑战。

离 开 Bernard Shaw Brothers Co., Ltd. 陈 瀚 文 把 Mr. Smith 骂了又骂。

"神经病，英国人不讲英语，讲中文。考我的中文。他凭什么考我的中文？"

"这个陈瀚文真是莫名其妙。母语还达不到英语的百分之三十。"Mr. Smith 摇摇头。

陈瀚文有没有被招聘至 Bernard Shaw Brothers Co.Ltd.

担任要职，不得而知。

　　有传闻说，史班固辞了 Bernard Shaw Brothers Co.Ltd. 人事部经理的工作。后来又有传闻说，史班固到大学的中文系教书。最后传来的讯息，史班固到大陆北大去进修唐宋诗词。史班固在大学的华裔同学感到很惊讶，这个老外怎么老远跑来大陆进修古典诗词。

　　"你不是看好大陆的商机跑来学中文吧？"

　　"不是。我是真心爱上古汉语里真善美的诗词世界，我是来享受这个拥有五千年文化古国的文化精髓的。你们不觉得中国古典诗词是中国五千年文化的瑰宝吗？"

老化

　　倾盆大雨，淹水处处，淹没了称之为繁华与现代高科技的文明，冲刷出来的是不知藏于何处、不为人所知的渣滓、污垢。

　　年逾花甲的博士夫妇，面对着从门外涌进来的雨水，手忙脚乱。水，一寸一寸地升高。

　　"把枕头与抱枕拿过来堵住大门。"博士丈夫站在门口朝厅内的博士太太大声嚷叫。

　　博士太太跑回房里抱了两个枕头，心里有些犹疑：一对枕头近五百元呢。

　　"还不快点给我。"

　　博士太太跌跌撞撞抱着枕头涉水来到门口。夫妇俩使劲用枕头压住门缝。水照样从门缝挤进来。枕头太轻，在水面上浮动，任他们夫妇怎么压，也无法堵住雨水涌进来。

　　"怎么搞的，这里从来没淹过水。"

水已经快淹到膝盖了。怎么办，弃屋求生吧！博士夫妇决定开门出逃。大街的水已经淹及下身，就快到腹部了。博士夫妇慌了起来。何处是"陆地"？博士夫妇勉强挣扎走到铁门栅前。不知是心慌还是水涌来的力量猛了点，两个人几乎被大水冲走了。

"不能出去。"做丈夫的说，"还是回屋里。"

"回屋里？水再涨高，淹过屋顶，不淹死掉？"

"回屋里打电话求救。"

博士夫妇手牵手退回屋里，退回房间，水还有七八寸才会淹及床沿。他们爬上床。博士掏出手机，拨打紧急电话求援。对方回复他，已经通知民防部队前往协助。

博士两口子互相安慰一阵。

"怎么搞的，我们这里的排水系统这样糟？下几小时雨就淹水。"博士太太抱怨道。

老博士一时没了主意，傻在一旁，望着继续涌进来的雨水。

"以后再下雨，会不会再淹水呢？"

"淹过一次，难保不淹第二次。"

"我们不是拿了很多世界第一，排名在世界之最吗？下几小时雨，说淹水就淹水。怎叫人住得安心？"

博士夫妇恐慌了一天。入晚，雨停了，水也退了。

第二天，博士老两口找了清洁公司前来帮他们清理屋里的水渍与污泥，也打电话到地毯公司请他们来换被水泡坏了的地毯。扔的扔，换的换，老博士夫妇虽然心疼损失几千元家具，这也无可奈何，天灾嘛，自叹倒霉就是了。唯一可叫他俩放心的是，有关方面已站出来表明，排水系统已经得到改善，再有大雨也不淹水了。

三四天过后，有一晚又彻夜下起倾盆大雨。

历史重演，故事重复。

"不是说了，桃花岛的排水系统不会再出问题了吗？"

老博士傻了一阵，这叫他想起日前他因肩膀疼痛入院的事来。

医生告诉他，他的病属于老化。老化是什么意思？他问医生。

医生说："老化就是没法医治。"

老博士对太太说："桃花岛的排水系统本是没有问题，就像我的肩膀那样，属于老化。"

博士太太问她的丈夫："什么意思？"

"就像医生对我说的，我的肩膀随时都会旧病复发。因为老化，医不了。所以，拿多少个世界第一，一旦老化，就成了旧账本上一条死账，翻翻看看无妨，但不能支取兑现。"

博士太太"哦"了一声，望着客厅汪洋一片："这么说历史还会重复又重复，故事还会一再搬演。我们该怎么办？"

搬家！

有说上屋搬下屋，不见一箩谷。

经济上的损失不在话下。

博士太太问博士丈夫："这大大小小的奖状、证书也一起带走吗？"

博士丈夫回说："这是我们穷一辈子努力的荣誉，干吗不带走？"

博士太太"哦"了一声："我们都退休了，老了，还用得着这些吗？你不是说，拿了多少世界第一，一旦老化了，就成了旧账本上一条死账，翻翻看看无妨，但不能支取兑现，不管用了？"

"我这样说过吗？"

"刚说过就忘了，瞧你痴呆得可以。"

148

比萨月饼

老奶奶好几年没在中秋节吃月饼了，为的是怕吃得太甜，引发糖尿病。

今年中秋，老奶奶突然想吃月饼，她要儿子买个月饼给她。

儿子吩咐奶奶的孙子："下班回来，你给奶奶买一个月饼。"

吃过晚饭，老奶奶就坐在客厅的落地窗前，准备吃月饼赏月。

老奶奶等啊等，好不容易等到孙子买了月饼回家。

"这叫月饼？"老奶奶看到孙子买回来的是一个直径十寸大小的饼子，上面有一些火腿水果之类的东西，一点不像是传统的中国人吃的月饼，惊讶道："这像我早年做的萝卜糕，哪是月饼？月饼的馅是包在饼皮内，不是露在外边。这是什么月饼？"

孙子不在意地说："这是洋人的月饼，叫比萨。"

老奶奶再吃惊一次："洋人也过中秋吗？怎么洋人的中秋节也在八月十五？"

孙子说："洋人有没有中秋节，我不清楚。"

"那你为什么说这是洋人的月饼？"

"反正是饼，换一下口味，不好吗？"

老奶奶不清楚，唐人的传统说换就换吗？那以后端午节还吃粽子吗？

"吃粽子？那种用竹叶包成一团的东西？"孙子说，"我宁愿吃麦当劳的牛肉汉堡包，或是鱼柳包，那是洋人的粽子。"

"端午节的传统是吃粽子。这是唐人的传统吃法。吃什么洋人粽子，胡扯。"老奶奶不高兴了。

做儿子的担心婆孙起冲突，打圆场说："吃什么都一样，谁喜欢吃什么就吃什么。"

老奶奶抗议道："哪有这种说法，难道端午吃月饼，中秋吃粽子？不伦不类。"

"无所谓啦。"

"无所谓，"老奶奶问道，"圣诞节为什么吃火鸡？不吃鸭子？"

"这是洋人的传统习惯。"

"那我们唐人没有传统习惯？"

"唐人很多传统习惯都改了。"

　　"为什么我们就得改？"

　　儿子看起来有点不高兴了："不跟你争，改不改由你。"

　　为什么要改？老奶奶不明白，她活了几十年，今年高龄九十八。为什么要她吃比萨过中秋？

　　只是改吃比萨过中秋，有什么大不了的？家里不讲方言，下一代不读中文，两个黄皮肤碰面讲"红毛话"，你老奶奶管得了？

为什么是在老人院庆祝

　　威廉麦一家有七口，如果把他家那只斑点狗也算是人的话（当它是人也不为过，它是和主人同睡在一间卧室里，夜间和主人共同享受空调生活的"一员"）。威廉麦两口子，一对好字搭配的子女，还有一个老爸和菲佣。七口人，分成两个住处。威廉麦两口子、一对子女、一个女佣和斑点狗同居一屋，老爸却住进老人院。

　　年轻的威廉麦夫妇，双双外出工作。以他们的学历，赚取一笔丰厚的薪酬。但要养两个子女，养一个菲佣，养一只斑点狗，加上再养一辆车，把老爸放在老人院养，这担子就不算轻了。

　　有时威廉麦难免会发点牢骚："把老爸送进老人院，负担不轻啊。如果住在家里，每月省了付老人院这笔费用，就轻松得多了。"

　　"省钱要费精神，划不着。"年轻的麦太太说。

其实，提到要养的对象，没有哪个是不用费精神的。

养一对子女的衣食住行，教育费，额外的"技能"补习费，哪样不花钱？哪件事不需要他们做父母的操心？

养辆车子，路税，保险费，维修费，停车费，汽油消耗费，哪样不花钱？

养个女佣，工资，劳工税，医疗保险，哪样少得了钱？

至于那只斑点狗，这是他们的宠物，要宠就得花钱。三餐狗粮，看病的花费就不是小数目。

唯独养自己的老爸，他觉得那是最不值的开销。

年轻的麦太太认为养子女，那是两人的爱情结晶。

年轻的威廉麦认为养车，那是为了自己的方便，省点脚力，同时又是身份的象征。

养女佣嘛，那是为了自己不必操劳家务。

至于养那只斑点狗，那是狗善解人意，能逗你开心。

养老爸呢，那是算不出什么好处来。

老爸很伤心。没有我这个老爸，你们能有今天的幸福？没有我这个爷爷，谁把你们的子女从一岁带大到今天，蹦蹦跳跳进学校？

"现在，你还能给我们什么好处？"

麦老头终于明白，为什么这个社会要靠立法来规定子女必须承担父母的赡养费。

法是立了，从此"家有一老如有一宝"的歌儿不会再有人唱了。

逢年过节，老人院的老人在老人院姑娘的安排下，载歌载舞，自我欢乐。他们安排媒体来采访，然后发出拟好的宣传稿，我们国家的乐龄人士过着他们愉快的黄金岁月。

有相片为证。

有个记者不经意问了麦老头一句："这样庆祝良辰佳节，您感觉如何？"

"为什么你不问，庆祝这样的良辰佳节，为何不是在家里，而是在老人院？"

拐杖的传奇

　　赖宜游黄山回来，从黄山买了一把拐杖送给他的老爸。

　　赖宜的老爸赖步栋对儿子说："我还没有到需要用拐杖的时候。"

　　"手里有把拐杖，出门安心，走路安稳，很好用的。"

　　"你怕我摔跤？"

　　"不是怕你摔跤。时下很多人不靠拐杖，连路都不会走。"

　　"没那么夸张吧？走路，谁不会？"

　　"日后我们这个社会，男女老少，十个有九个要拄着拐杖才会走路。"

　　"那你不如去开间卖拐杖的店。"

　　"我正有这个意思。"赖宜眼睛顿时闪亮起来，"老爸，你我真真是英雄所见略同。"

　　"我怕你日后得准备买个风炉，把拐杖当成柴火烧好了。"

　　赖步栋可真的没想到一夜之间，他满街见到的都是一些拄着手杖的人。连每星期他们在咖啡座摆龙门阵的一伙朋友，也一个个手握手杖赴会。

"老赖，你真行啊，出门不用带拐杖。"

"怎么搞的，你们全都变成软脚蟹？"赖步栋吃惊地问大家。

"靠拐杖，省力得多。"众人打哈哈道，"有人帮你打点好一切，你只需借助手杖四平八稳往前走，无须操心什么，包你不会跌跤。"

赖步栋听得一头雾水："我不拄拐杖不也四平八稳走来赴约？"

"你有胆识。"

"从小到大，走了几十年路，脚力还好，怕什么摔跤？"

众人坐定之后，各自要了饮料。

"不是我们怕摔跤，是人家怕我们摔跤。走路是先出左脚，还是先出右脚，都有人替你规定好。你拿着这根拐杖，一步一步学着走。"白头发甲说。

"结婚要生几个孩子，由不得你自己操心。两个就是'好'。我当年手里没有拿着这根拐杖，东摇西摆，多走了一步，生了三个小的，结果挨警告兼罚款。"白头发乙说，"还是听话拄根拐杖好些。"

"结婚之后是过二人世界，还是和父母过家族的大家庭生活，不再是各人一家一户的事。有人会代为统筹安排。这是另一根你必须拿在手里的拐杖。"白头发丙说。

"你应该讲什么语言，用什么文字，不取决于你是什么种族。大家统一说abc有前途兼有幸福。这根拐杖比什么都重要，你不能没有它，你得随身揣着才能保平安。"白头发丁说。

"选举投票之日，递给你的那根拐杖你就更加非握紧不可。没有这根拐杖给你引路，你准会摔死在路上。"白头发戊说。

赖步栋忍不住叫开了："你们每人家里到底有多少根拐杖啊？"

"你儿子赖宜是开拐杖门市的，他最清楚不过了。"

一直闷不出声，坐在一角喝咖啡的白发张说道："我老爸打死我都不准我沾赌的边。我对我老爸说，您老人家说，这个社会是禁赌的。我洁身自爱，超过一个甲子年。现在，我是拿着一根拐杖去赌场了。这是一只日生金蛋四百二十万的母鸡。我们得去好好养它啊。少了这根教你如何做人，走路的拐杖，我若按照老爸的教导去禁赌。那不把这只生金蛋的母鸡给宰了？不行不行，我们不能没有拐杖。"

我想，故事发展下去如何，那是需要借用另一根拐杖了。

可喜的是，赖步栋的儿子赖宜，搭上"全国挂拐杖"这趟顺风车，生意如日方中，好得不得了。

我也捞到一个好处，可以写一部《新天方夜谭》。

祝您健康

一

入冬以来，林大铭耳朵里就听到传来友辈之中，已有好几个作古了，有的竟属英年早逝。一夜之间，大有令他慨叹人生犹如寄尘的过客，来也仓促，去也匆匆。

所以，才踏入十二月，林大铭就计划今年要亲自填写寄给一众好友的圣诞卡，不再假手秘书了。

林大铭的老伴却说："这样琐碎的事，为什么不丢给秘书去做？"

"再不亲自动笔，谁说得上什么时候像一阵烟，在空中消失得无影无踪。到时候想亲自动笔都没有机会了。"

"岁末年初，尽说些不吉利的话。你是老板，不是伙计，好歹看住自己这盘生意好啦，花时间去写圣诞卡，不务正业。"

说起务正业，几十年来，林大铭是正儿八经地埋头做他的生意。今天被老伴斥为"不务正业"，他回头一想，说真的，这几十年忙下来，这所谓的"正业"又是什么，他好像也答不出个所以然来。大概最具代表性的一句是："恭喜发财！"每年从元旦起，逢人拱手作揖一句一声"恭喜发财"。平日里，与人相逢，挂在嘴里的，也是"你在哪儿发财"？似乎从年头忙到年尾，正业者也，就全概括在"发财"二字里。谁也不会把寄发圣诞卡，或是年卡的事当着什么"正业"。林大铭自己也不曾把这类事当着正儿八经的事来做。一路来，这类琐碎的事，他都推给秘书去处理。

今年，他决定把寄发圣诞卡的事当作一件"正业"来做。他开列了一张名单交给秘书，叮嘱她把各人的地址资料一一送到他的办公室来。名单上的新知，尚有二十来个。旧雨，唉，幸存的不出十个指头的数。

二

每一次秘书叶小姐送文件给林大铭过目签署，瞥见月初摆在桌上那一叠还没有填写的圣诞卡，总要问林大铭一句要不要让她代笔。每一次，林大铭都回答说，他自己会做。秘书小姐心里只感到疑惑，当然不会知道老板心里想些什么。林大铭也没有告诉秘书小姐，他心里怎么想。

按说，几十张圣诞卡，签个名，亲自填上地址，也花不了多少时间，三两个钟头已经足够了。

但是，计划归计划，身不由己的事比比皆是。这一叠圣诞卡由十二月初摆到平安夜，林大铭都未曾寄出一张。

三

也不知道是喝多了酒，还是因为这段日子仍为"发财"事劳累过度，林大铭在平安夜里突然中风入了医院。

躺在医院的日子里，林大铭感到自己就像一阵轻烟，随时会在半空中消散得了无踪迹。

清醒过来之后，林大铭发觉身体有一部分不听使唤了。左手不灵，右脚也动弹不得。右手尚好，还能活动，只是说不够灵活。

秘书叶小姐来医院看望他的时候，林大铭对她说："明天，你把我桌上那叠贺卡带来给我。"

"圣诞节都过了。"秘书说。

"农历新年还没到呢。记得把那份名单也带来。"

"我替你填寄吧。"秘书叶小姐这样说，她没有把下一句"你病着呢"说出来。

"我的右手还能动。"

摆了一个月没做的事，林大铭在医院里花了半天的时间（到底是个病人，效率低了）做完了。

每张贺卡除了签上他"林大铭"三个字。多了一句：

"祝您健康！"

就是要"牛"一点

韦老头跨越古稀之年，儿女们一再督促他到医院，定期体检。韦老头就是不听子女的劝告。

"查什么？我好好的，能吃能睡。没有高血压，没有高胆固醇，也没有糖尿病，连丁点儿风湿关节痛都不曾有过，老虎都可以打死两只，查什么？""死牛一条颈"（港语：很固执），韦老头就是不肯上医院去做体检。

"你不是医生，怎么知道自己有没有病？"

"身体是我的，有病没病我自己知道。"

"你不要那样牛，行不行？病了是你自己受苦。"

那天，儿子休假在家，拿了新买的血糖测试器，逼着韦老头滴血测试。好家伙，血糖测试器测试的结果，韦老头的血糖是九点九，超标。第二天，做儿子的不管青红皂白拉他到住家附近的私人诊所抽血化验。化验报告出来：血糖偏高、血脂偏高、胆固醇也偏高，尿液含蛋白质同样偏高。替他看病的医生一脸严肃地告诉他："检查结果很不好。血糖八点一（血糖检验器测出是九点九）是属于糖尿病人的圈子。"

他到政府诊疗所复诊，医生给他开了三个月的药，然后告诉他，三个月后再去复查。

"瞧你，牛什么？满身病。"儿子持着手上那份化验报告，对韦老头说。

"有多严重，这把年纪，血糖，血脂高一点有什么好紧张的？"

"还牛！"

七十三年来，每年从年头到年尾，韦老头难得找医生看过病。进入所谓老年发病率高峰期，他袋子里也没有像别的同龄人士那样，随身揣着几种药，三餐饭前饭后要定时服食。现在可好，出门身边得揣上两种药，降血糖和降胆固醇。在外头用膳，饭后也得像其他同龄人士那样向卖饮料的讨杯开水服药。

不吃医生开的药，韦老头浑身轻松，那天医生断定他无法爬上三层楼。韦老头从诊疗所回来，轻轻松松只用九分钟一口气爬上住家二十一层楼，气不喘，心不急跳，头也没晕。这下可好，吃了医生的配药，半夜睡着睡着，心会绞痛。虽然不是很厉害，但总是不舒服。白天精神也没有吃药前充沛。脚底发飘，好像不着地。

"见鬼去！吃这药作甚？"

他把剩下的药一股脑儿扔进垃圾桶里。

儿媳妇把药捡回来："这药得继续服食的。"

"这算哪门子医学？医好糖尿病，换来肝脏病和肾脏病，还不是病？"

"是这样啦，西药总是有些副作用。"

"不吃，不就什么副作用也没有。"

"不吃，你的糖尿病好不了。"

韦老头的另一半也站出来说话了："一辈子就是那么牛，年轻时牛，老和上级顶牛，结果是，别人升级加薪，他老在原地踏步。牛一辈子，吃一辈子亏，现在还是这样食古不化。"

"我本属牛嘛。"

"那好啊，今年是你的本命年，你就'牛'去吧。"

"老爸，健康要紧。"

韦老头突然"牛"到另一条道上来："我当年如果不'牛'，硬要你们进中文学校，你们今天还能用汉语和我顶嘴？'牛'，就是要'牛'一点。"韦老头对着一家人说，"要不大家都变成'香蕉人'了。"

韦老头执意不再服食医治糖尿病的药。他寿终之日，是死于糖尿病并发症，或是死于肝脏或肾脏衰竭病，或是无疾而终，这不是今天的答案。

一个椰子

邱老头临终前对他的儿子说，他想吃一个青椰子。

做儿子的开车到市场买了一个青椰子回来。

老人家却说，他不要："我不要市场上的椰子。我要从我们家树上摘下来的。"

做儿子的听老爸这样说，心里难过起来。显然，老爸的痴呆症越来越严重了。四十年前，当建设城市的脚步声一步一步蚕食周围的"甘榜"时，首先被"蚕食"了的是甘榜里的"亚答屋"。因为"亚答屋"象征着这个国家的贫穷，"甘榜"林立说明这个国家的落后。执政的希望看到在他们的掌管之下，高楼大厦拔地而起。他们把地圈了，住宅地变成商业区，发了的是大大小小的地产商。寸金尺土，紧接着是椰子园里的椰子树，一棵棵成了代罪羔羊，伐的伐，砍的砍，为繁荣献身。繁华的城市听不到"甘榜"里的鸡啼声。邱老头住的椰子林，周围盖起了组屋，园子里也盖起了独立式与半独立式的洋楼。时至今日，名为椰子林的甘榜，早已找不到一棵椰子树。十五年前，邱老头被迫砍伐了他心中最后一棵椰子树时，还掉了几滴泪呢。他怎么就忘了？做儿子的一阵难过之后，对老爸说："你如果想要一部轿车，我还可以送给你。你要一个从树上摘下来的青椰子，我就没办法了。"

"为什么？我们不就住在椰子林里吗？"

"你现在抬起头来还能找到一棵椰子树吗？"

邱老头像小孩那样，傻乎乎地问道："椰子树到哪儿去了？"

"我们周围的屋子，不就是当年椰子树生长的地方。喏，现在都一一让位给地产商盖起一幢幢的高楼大厦。"

"高楼大厦不会结椰子吗？"

做儿子的把椰子剖开了，将内里的椰水倒在一个杯子里，递给老爸："不结。"

"结什么？"

"结汽车，结钞票。"

"汽车？"邱老头瞪着大大的眼睛，看着儿子。

"这椰子水还喝吗？"

"不喝。"他喃喃自语，"我要喝树上的。"

邱老头走了快十年了。

做儿子的"心树"上老挂着一个椰子，很沉，很沉。

优雅社会十二生肖图解

之鼠

历来老鼠是讨人厌的。所以有这样一条谚语："过街老鼠，人人喊打。"

桃花岛的灭鼠工作做得出色，要找一只过街老鼠，殊不容易。但是另类老鼠，却不难见到。因为有人当宠物那样养在花园里，"鼠凭社贵"，身份不同。它招摇过市，谁也不能奈何它。

桃花岛组屋屋前屋后供人休憩的小花园，会有一群坐在长凳椅上的银发族，他们或是呆呆地望着蓝天白云；或是坐着打盹；或是看着地上的蚂蚁搬家，看似优哉游哉；或是与疾病为伍，无可奈何地住在老人院。翻开这一众银发族各人的生活史，足以谱写成桃花岛国成长的精彩故事。就算没有罗马史诗所写的那么壮观，毕竟不会仅仅是梁山泊一百零八个好汉那样单薄的故事。当然，更不会是"及时雨"宋公明哥哥一个人的故事。

这群从年轻就为社会当牛做马，出力卖命，十八般武艺出齐的银发族，在奉献了自己大好的青春岁月之后，到了老年，百病丛生，面对高昂的医药费，束手无策。银发族见面，只能说一声自我安慰的话："大家保重，健康是福。"真要生起病来，无钱就医的只有抱着自生自灭的消极态度了。

诸如，赵福生老头，晚年的处境并不像他的名字那样充满福泽——"福生"。他并没享有福气在家里含饴弄孙，颐养天年。他做过心脏绕道、切除胆囊、动过前列腺与眼睛白内障的手术，现在还有糖尿病，高胆固醇。用他的话来说，他现在是抱着药罐过日子的病人。

"老鼠养得比猫大的时候，猫就成了老鼠的早餐。这灾难就非同小可了。"

"是啊，鼠辈当道和豺狼当道是一个样。"

没有听说过老鼠吃人的新闻，但是付不起医药费的人被"这只老鼠"吃掉的新闻却是听过不少。

"能够找到只好猫来镇住这只'老鼠'，那就皆大欢喜，阿弥陀佛了。"一众银发族无可奈何之下，心里这样念"阿弥陀佛"。

念归念，这年头，很难遇到会捉老鼠的猫。如果老鼠是养在家里的宠物，家里的猫是不会捉老鼠的，也不敢捉老鼠，因为得罪不起豢养老鼠的主人。

家养的老鼠过街是没人敢喊打的。有说"打狗要看主人"，现在"打老鼠也得看他们是住在谁的家。"千万不能乱棒揍打家中的老鼠。十二生肖，老鼠排第一呢。

桃花岛的花园城市里有家老鼠，没有野老鼠，却有满街勤劳的牛。

之牛

桃花岛这个花园城市没有纽西兰草原的风光，风吹草低见牛羊。这里的牛是劳碌的牛。

在任何一个劳心者治人、劳力者治于人的社会里，做牛做马的日子总是不及劳心者过得好。

牛年出生的牛立山十五六岁就在社会上"耕作"，"拉犁耕田"过日子。到头来，犁掉了自己大半生的岁月，迎来社会的繁荣昌盛时，他自己却是百病缠身。

老年人走到这一步，十之八九都认命啦。牛立山没想到的是，自己被社会丢弃在前，又被儿子鄙视于后。

那天牛立山在家里和几个亲戚谈起社会的繁荣昌盛，随口说了一句："没有我们这群做牛做马的人，何来这个社会的繁荣昌盛？"

没想到这句话惹起儿子的反感："没有我们这群精英尽心策划出整个社会的建设蓝图，如何去建立社会的今天？"

牛立山瞪起一双牛眼："桃花岛国每天有数万吨垃圾要清理，没有我们这样一群像牛一样勤劳的人在工作，你们在垃圾堆上建设社会的繁荣昌盛吗？"

做儿子的说："一句话，没有建设蓝图，一切都是废话。"

做爹的说："没有我们在第一线的努力拼搏，你们的建设蓝图永远只留在纸上。我们将你们的蓝图落实到了现实的层面。"

父子正吵着，牛立山的另一半在厨房里叫开了："老头子，快进来，水管爆开了。"

牛立山伸头往厨房一看，洗手盆下端的水管"哗啦啦"在喷水。厨房里一下子积水寸高。

"叫你儿子去修吧，他是精英。"

"修水龙头不是我的事。打电话叫水龙头匠过来修啊。"

"找不到水龙头匠呢？"

"怎会找不到水龙头匠？"

"你说的，没有我们你们能把岛国建设起来。爆水龙头，算得了什么？"

陪着牛立山在闲聊的亲戚，出身水龙头匠的陈实起身说道："我来，我来。"

牛立山黑着脸对儿子说："瞧见没有，没有我们，水淹金山寺！"

之兔

先给你一个歌舞升平，众人安居乐业的居住环境，然后黄鼠狼前去敲住在母语文化家里的小白兔的门，唱道："小白兔子乖乖，把门儿开开，快点儿开开，我要进来。"

门内的小白兔回应道："就开就开我就开。"

小白兔子开了门，从此一去不回来。

这是贺老头当小孩时唱过的一首儿歌，如今他已年逾古稀，这歌儿照讲他早该忘了，但他却没忘。

"很有意思。"他和一众银发族在一起摆龙门阵的时候，信口唱了这段歌，"咱们小时候进学校念书是先学会如何做人。学会了做人，才去接受知识的培训。懂得辨别真伪，就不会成为一去不回来的小白兔。"

"说的是，"喜欢和成语玩游戏的麦老头说，"成语就有一条'引狼入室'。小白兔子真是'一失足成千古恨'。"

"这也不能怪小白兔少不更事。知人知面不知心，人心隔着肚皮，越聪明越阴险。因为有小聪明，就会偏离正轨设计去害人，干坏事。会干坏事的人，有几个是笨的？"

"所以说，聪明人出手，手段更高明。正所谓，道高一尺，魔高一丈。"

"活在蠢人的世界里，你不会受骗。活在聪明人的世界里，你的受骗率高十倍。"

"所以说，害人之心不能有，防人之心不可无。狡兔三窟，正是防范再三。"

"中文学校的学生一路来少了防范之心，太过耿直了。才会开门给黄鼠狼进家。"

"小一辈的兔子呢，没和黄鼠狼打过交道，也不知道黄鼠狼是什么东东。你叫我开门，我就开，很听话。"

桃花岛的城市花园里大概只有家兔，没有野兔。所以花园里看不到有野兔子留下的三窟。

野兔子抓光了，养在家里就变成家兔。家兔是宠物，和斑点狗一屋观看第五波道，也就不需要叫黄鼠狼去敲小白兔的门，诱骗它出来开门了。他们本来就打开大门，没有设防。

十二生肖里的"兔"，不是洋人卡通里的班尼兔。班尼兔比中华民族传统里所画的兔狡黠得多。班尼兔露出两颗大门牙，吃着胡萝卜的形象是另类狡兔的形象。非老爷爷唱儿歌时所唱的"小白兔"。难怪桃花岛国的优雅社会里的小白兔有点像实验室里的白老鼠。

之龙

中国人社会里，许多传统都没落了。中秋节吃比萨当作吃莲蓉月饼。小孩子喜欢过圣诞多过喜欢过农历新年。端午吃粽子，大人带小孩子到麦当劳吃汉堡包。

十二生肖里，老鼠换了新装成米奇洋老鼠；犁田耕地的牛，成了NBA（美国职业篮球队）里的公牛（BUFF）；洋老虎叫什么名字，哎呀，是不是叫"净沙湾老虎"，一时忘了。兔子刚提过了，是班尼兔。唯独没有洋龙。好像龙是不能取代的。

东方传统，龙是代表帝王。皇帝之身称为龙体。皇帝的喜怒哀乐，称为龙颜。皇后怀着皇帝的骨肉，称为龙胎。皇帝坐的椅子，称为龙椅。皇帝穿的衣裳，称为龙袍。凡此种种，不一而足。

西方国家则无龙的传统形象，但有龙的精神。

今日，花园岛国虎踞龙盘的局势是固若金汤。当年秦始皇都还没有这样气势。

所以，桃花岛国的社会还是龙的天下，飞龙在天。

姓龙，又是龙年出生的龙再生，得天独厚，八字好。这是同辈人没有几个能和他相提并论的。赌场的生意，开张以来，赚钱如猪笼进水，生意业绩，火红火绿。大家看好这总裁的高位日后由谁来继承？

"谁有龙再生的命水好？"

"量身定做，这位子早就安插好了，虎踞，还得龙盘才行啊。"

"说的是，说的是。虎踞龙盘，才能今胜昔。赌场一年有几十亿进账，桃花岛国就能天翻地覆慨而慷了。"

岛国人民，有人眉开眼笑。开赌，好得很！小小的负面影响坏不了大局。只要赌业日日可以开香槟庆贺财源滚滚，有几家家破人亡，何足挂齿！这是一本万利的包赚，而且是赚大钱的生意，不抢滩，眼睁睁看肥水流入他人田，这才是捶心肝的事。

所以不管是龙再生，还是把姓放在后，叫再生龙，优雅社会里众人都看着两个赌场过日子。大家在一片夜夜笙歌，赌场通宵达旦开门恭候的日子里，谁个不感到桃花岛国百花斗艳，小国一日千里，大国还得向小国看齐。

优雅社会里十二生肖的龙，是很特殊的生肖。

之蛇

谁说蛇无足？有足的蛇叫四脚蛇。所以画蛇添足绝非多此一举，也非无中生有。

桃花岛国花园城市里的蛇，既有无足之蛇，也有四足的四脚蛇。各有自己的世界，各有自己的天地。

桃花岛国的花园城市虽不在非洲，却随处可见奇毒无比的眼镜蛇。合法的与地下的，放高利贷的"大耳隆"，是盘踞在花园城市的组屋区的眼镜蛇。两处综合娱乐城里的"卡西奴"（casino），是孵化出这些眼镜蛇的温床。去净沙湾的人，淘不到半粒金沙，却陷入没顶的浮沙堆里。进入圣胜淘沙的，同样没有筛洗到半粒金沙，却淹没在"金沙堆"里。输了钱想找钱翻本的，就会在电梯内，或是组屋周围的一些墙壁、巴士车站或是灯柱上找到这些眼镜蛇的联络电话。然后，引蛇入屋，从此噩梦不断。

北区那个住在三房式组屋的苏旺兴，就被"眼镜蛇"的跑腿放了一把火烧了大半间屋子，幸好，一家大小及时逃生出来。

"我申请禁止你进赌场的禁令，好啊，你现在借了别人的身份证入赌场。输了钱，借大耳隆的，好啊，现在屋子烧掉了，整家人去睡街！"

苏旺兴的老婆哭哭啼啼。

"你跑去云顶，一夜不回来，我还知道你到哪儿去。现在进家门口的赌场，打个圈回来，鬼知道你上哪儿？造孽。"

桃花岛的花园城市里这类蛇，获得此地天时地利与人和，势将纷纷出洞来。

为蛇添足使它脱胎换骨成为可供观赏的四脚蛇，则是在法律空隙间扬眉吐气的另类受保护的蛇。这类蛇一旦养在大财团的"公司公园"里，谁说得上也可冠冕堂皇挂牌上市呢。只要两处综合娱乐城里两只会下金蛋的鸡，每天下两粒重量值一千万元以上的金蛋。不论是眼镜蛇，还是四脚蛇，都有生存的空间。

我的犬子对我说："老爸，现在不只是大耳隆的生意一枝独秀，典当业的生意也欣欣向荣。"

之马

又要马儿跑，又要马儿不吃草。

当张家骏还是一匹力壮膘肥的马儿时，他虽然不是一匹不吃草的马，但社会上供给他的草料并不多。毕竟，他是被劳心者看成是治于人的劳力者，但他肩膀上驮负着的同样是建设一个繁荣昌盛社会的重任。没有这些在第一线的实践者，这个社会的繁荣昌盛只是画在纸上子虚乌有的东西。一生牛马，劳劳碌碌之后，疾病缠身，退下职场，老马得看医疗费用高昂这只老鼠的脸色，奈何不得。

"看来你还健壮，可以重出职场去赚黄金年华这一阶段，每小时六元的薪酬。"

"人在年轻时都被榨干了，现在还要来榨骨髓？"

"挣点钱留在身边傍身啊。"好心人这样说。

"已经到了骨头可以打鼓的时候，我们这个优雅的社会还不能为我们这些乐龄人士提供几年享享清福的日子，还要叫我们重回职场，领取比离开职场前还要少得多的酬劳，于心何忍啊？"

真是同人不同命，同马不同厩。人家一年的俸禄，他张家骏做三百年还拿不到那么多。

难怪年逾古稀的他，每天还得在小贩熟食阁清理桌面，收拾顾客留在桌上的碗筷。而别人在古稀之年，一掷千万元收购下半条街的排屋。如果能购下整条街的房子，日后坐地起价，轻轻翻个身又是另一个十二年的高薪收入，富的越富，穷的越穷。

众马拉车，坐在马车里呼风唤雨的就是那么少数几个人。

桃花岛国的花园城市的太平盛世，粉饰得天衣无缝。

组屋前的一角栖息处，"老马老牛"坐在长椅上，眼望白云蓝天，心中享受不到这花园城市的鸟语花香。

对他们来说，不偏不倚踩上了"画饼充饥"这条成语。

之羊

说起羊，就令人想到这句成语："代罪羔羊"。

生活在花园岛国的中国人有两类，一是讲英语的中国人，这是受宠的族群；一是讲汉语的中国人，这个族群就像"代罪的羔羊"。

这个社会之所以不能放开脚步走在前面，因为汉语中文不是地球村的用语与文字。活在这个社会的夹心阶层，埋怨老爸老妈们之前送他们进中文学校。老爸老妈被责怪得抬不起头。

夹在老爸老妈与自己的下一代中间的夹心人，痛定思痛，极力将自己的子女营造成一众精英的香蕉人。如此这般，这类夹心人成了背负五千年中华文化的"代罪羔羊"。

老的一辈问儿子、女儿："你们怎么不和孩子讲家乡话？海南人不懂讲海南话。"

"潮州人不懂讲潮州话。"

"福建人不懂讲福建话。"

"广东人不懂讲广东话。这算什么？"

做孙儿女的对自己的老爸老妈说："爷爷、奶奶不会讲英语。他们为什么不讲英语？"

有人趁机出来说："这样如何能和睦相处。我来当秦始皇，给你们统一语言，都讲英语。种族和谐，大家只讲一种语言，就什么隔阂也没有了。"

沟通上是什么隔阂都解除了。但各族自身的文化呢？全都扔了？语言文化是各族的根与灵魂，都扔了不是掏空思想，成了动物园里的动物？

"有什么不好？热衷开动物园的人说，一切行动听指挥。这个社会才有效率。"

"有什么好？把个族群脑子里固有的文化掏空了，这个世界还哪里有各族多姿多彩的文化来陶冶人性，建设一个美好的世界？"

优雅的社会，就是物质文明的社会。这是我们桃花岛国要追求的目标。经济效益第一，其他都要让路。谁不让路，谁就是代罪羔羊。

儿子女儿对老爸老妈说：让路吧，在优雅社会面前让路吧。

羊呀羊，十二生肖里，你是属于牺牲者的生肖。

之狗

桃花岛国的狗，十之八九是不会看门口的。男女主人牵着它们上街，是让它们出来散步，开开心。

对此，麦老头抱怨说："畜生好命，不见有儿孙牵着我出来散步。"

儿子养了两只腊肠狗的丁老头对麦老头说："你想得开心，我每天还得定时带我家的狗儿去散步呢。"

真的是，这年头，儿辈们牵着狗儿去散步，比牵着自己的爹妈去散步的还要多。

那天，丁老头牵着儿子那只牧羊狗"波比"下楼去散步，顺便让它解决大小二便。他在公寓楼下遇上个熟朋友，两个人聊起天来。不知是"波比"二便急呢，还是贪玩，使个劲，挣脱了丁老头手拿着的牵狗绳，一溜烟跑了。丁老头不在意，心想狗儿最后总是要回来跟着主人的，暂时由它去吧。等他和朋友聊完天，回过头来找他家的"波比"时，"波比"却跑得无影无踪。丁老头沿着惯常遛狗的路线，"波比，波比"边喊，边找，找了一个小时没见到"波比"的影儿。儿子在家里等了一个钟头，心里犯疑。平常老头子只带"波比"遛半小时就回来了，怎么今天出去了一个钟头，还没有

178

回来。做儿子的心里挂着他的"波比"，拨通了老爸的手机，问他怎么还不把"波比"带回家。

丁老头耷拉着脑袋，按响儿子家的门铃。

做儿子的一看，不见了"波比"，急忙问道："波比呢？"

"跑了。"

"什么？跑了！跑哪儿去了？"

"不知道，我找了半天，没找到。"

做儿子的脸一沉，咆哮道："我花了两三万，叫人家从苏格兰给我买回来，你现在让它跑了！"

"狗会认路的，迟会儿，他自己会回家的。"

"回家。让人偷抱去了，还会回家？"

丁老头心里不明白，狗儿不认主人的吗？什么人要抱走，就让人家抱走。蠢狗！

做儿子的花了千把元在报纸刊登寻狗启事，附上"波比"的尊容"玉照"，说明谁能寻回"波比"，打赏三千大元。

无独有偶，和寻找"波比"的启事并列的则是另一则警方寻找一位老人的家人的启事。

丁老头心想，倘若有一天他失忆不会回家，儿子会登寻人启事找他吗？

狗儿有价，老人无价。

宠物店的生意火红火绿，养在宠物店里的各类名种狗是供顾客挑选的对象，是有价待沽的。

寄放在养老院，或曰"老人院"的老人，是各家弃养的。寄养到老人院的人家，不像开宠物店的有钱可赚。寄养在老人院的家人是要支付费用给老人院。

一赚，一亏，风景这边特别。狗儿也许会这样说，老人却会那样想。

之猪

一直以来，猪留给人的印象是蠢的。所以骂人的话有："你蠢得像头猪。"

有人却说，猪比狗还聪明，也不比人笨。

桃花岛国的岛主深知，自己培养一个尖端的人才，要花二十年的时间，论千万的金钱。但以高职厚禄从国外挖墙角，美言曰：引进人才，立竿见影，省钱又省时间，何乐而不为。外国兵团，入籍桃花岛国，就可以把世界女子乒乓锦标赛的金牌摘回来。如果要自己从零培训这样一批（是否能培训出来，还是个问题）国手，能如此立竿见影吗？生活在优雅社会里的人，不是人说的蠢如猪？

班纳卫三岁的时候，他老爸老妈就做了周全的栽培计划与投资，务必将这小子送出国留学，没有机会读博士，起码也要读到硕士。为了实现小班纳的二十年计划，英俊潇洒的老班纳熬得五十五不到就秃发，美丽充满魅力的太太却熬得眼尾皱纹凸显。

班纳卫总算于八年前获得桃花岛企业单位提供的奖学金，如老爸老妈的期待，出国留学了。寒窗数载，他也如老爸老妈的期望拿了海外博士的学衔，在海外的一家大企业获得高薪高职，事业如日中天，生活如鱼得水，身边有个如花似玉的女朋友。

　　老班纳夫妇渴望儿子学成归来，好在一众亲朋面前光宗耀祖。当然他们也希望儿子的高薪俸能让他们过上令人惊羡的生活。这毕竟是他们长线投资的回报。可是，小班纳似乎乐不思蜀，毫无回来桃花岛国的半点心思。毕业后三年里，老班纳写了不下二十封信催儿子学成归来。小班纳最初还打打太极，能拖则拖。最后干脆连信也不给老爸老妈回复了。

　　"岂有此理。"老班纳从发火到语气越来越强硬，直对着小子的老妈大骂小班纳不孝，饮水不思源。

　　最近，老班纳写了一封措辞严厉的信教训儿子，他以为他这般对小班纳晓以大义，就会把他的小子骂醒过来："你花家里的钱，我们姑且不说了。你拿了国家的奖学金出国留学，就这样一去不回头，你对得起国家对你的培养吗？"

　　老班纳做梦也没想到，小班纳给他写了这样一封回信："老爸，我们的政府为了招揽外来人才，不也到处挖别国人才的墙角？那又怎么说呢？你会为自己的国家挖别人的墙角，别人也会像我们一样挖我们的墙角。这里谈得上什么真正的道德吗？我们懂得自己培养一个顶端的人才所花费的大于用钱去招揽别人培养的人才，谁个不聪明？栽培一个尖端的人才，要花一二十年，就如你们栽培我一样，费时费力。拿钱去招揽，快捷又省钱。谁个不聪明？人家拿钱招揽我为他们服务，就如我们拿钱招揽别人为我们服务，你情我愿，这谈得上什么大义？拿钱把世界上最好的运动员招来为我们拿个世界冠军，奥运金牌，跟自己从零开始来培训自己的运动员，你说，老爸，哪一样急功近利？建国四十余年，花上数亿元，你还未必捧得着一个什么世界冠军回来。少花几倍金钱，少用三五十年的时间，就能如愿以偿，何乐而不为？所以，我说，老爸，不要责怪我这只'海龟'不回岛上下蛋让岛国获利。当我们收买别人的精英时，我们是否也曾替别人花钱花时间培养出来的天才被我们'请回来'，而觉得'不应该'？或是羞于'猎人之美'？世界本就是这样子，不可能只有我们会打算盘，别人就不会打如意算盘。我这只'海龟'，应不应该'归'，你说呢，老爸？己所不欲，勿施于人。我们施于人，就要认同这种循环。不是吗？"

老班纳接到儿子的信，顿时感到嘴里好像被人塞了一口秽物，很不是味。

"这能相提并论吗？"

他用快递给小班纳发了一封信。

小班纳也用快递回了老爸一封信："为何不能？"

附录

忧世短章　伤时之赋
——读骆宾路微型小说随想

陈　新

今夏苦热，几不能读书写字。溽暑中，香港文艺家协会主席忠扬先生寄来骆宾路著作数册，其中有微型小说集《与稿共舞》，嘱言："如有兴趣，可写点评论。"我本拙于文学评论，有时读到佳作，生出些许感想，亦不敢轻易下笔，总怕有佛头着粪之嫌。然读完《与稿共舞》，同时将骆宾路发表在《香港文艺家》上的十余篇微型小说重又认真地读了一遍之后，竟觉得心中有许多话不吐不快，于是不顾汗流浃背，伏案敲击出下面五千多字。

微型小说，或曰小小说，正因其"微""小"，纳须弥于芥子，以滴水见太阳，更见创作者的功力。骆宾路便是具有这样功力的一位创作者。

骆宾路，新加坡作家。原名杨书楚，笔名木易、徐乐、林之。1935年生于新加坡，早期的二十二年在新加坡度过，其后在中国大陆西南边陲生活了十七年，后又在香港居住了二十三年，1996年回到新加坡定居。骆宾路是位高产作家，作品量多质优，著有短篇小说集《咖啡香正浓》《人与鼠》《变脸的男人》（新加坡版），《一幕难演的戏》《她说蓝的是天空》（香港版）。骆宾路尤以创作微型小说见长，20个世纪50年代即有多篇微型小说发表在《南方晚报》姚紫主持的副刊《绿洲》上，其后因种种原因停笔二十多年，80年代起重又从事微型小说的写作，并进入了创作旺盛期。1999年，出版了微型小说集《与稿共舞》（新加坡作家协会版），2000年起，在忠扬主编的《香港文艺家》上，几乎每期都有他的微型小说发表。集其微型小说精品大成的《骆宾路微型小说集》亦即将面世。

骆宾路虽然一再表白说他写小说，尤其写微型小说只是"娱人娱己"（《与稿共舞·跋》《囚禁在磁盘里的老人》），但我们从他的创作实践中看到，骆宾路是一个将写作视作生命，将写作看成是对现实社会、对生活、对人生进行美学审视的严肃作家。骆宾路说，他写小说，总是"有感而发"，"写小说自己不发之以情，它又如何能令读者起共鸣呢"？所以，他从不写"自己不动情的小说"。骆宾路把每一篇微型小说的写作，都看做是灵魂的煎熬，"每一篇稿，是一个灵魂。"（《与稿共舞》）因此篇篇苦心经营，决不敷衍，即使短短的三四百字，亦必字斟句酌，力求每个字，每个句子，都能引起读者心灵的震撼。

骆宾路的微型小说相当一部分集中在写对中华民族传统文化逐渐失落的忧虑,对中文也就是对汉语逐渐被异化的忧虑。——这似乎是骆宾路魂牵梦绕的题材。

时下许多作品,或玄奥,玄奥到不知所云;或浅露,浅露到不堪入目。但这些时髦的文字玩家却大行其道。于是,我们看到,正统作家们"自掏腰包付梓自己的著作",每次印刷的数量"也只是一千册",从"半卖半送",到"慷慨大赠送",最后还有五六种千余册"库存"只能被"撕心裂肺"地烧掉。(《烧书》)出版商竟然专靠从事娼妓文学(配叫"文学"吗?)写作的"乌鸦"们来养活,一生从事严肃文学写作的作家只好以死抗争,在阴曹地府里对着阎王怒吼:"我应该入第十九层地狱!"(《书店奇案》)文学的伊甸园里究竟出了什么问题?——人们不由得不发出这样的诘问。

民族传统文化在传承锁链上的断裂,导致新老一辈之间在人生观念、道德观念方面的"代沟"越来越深。请读读下面两篇有关书房的故事,你就会深深体会到这一点。一个老报人,育有四男四女,老人离世后,留下的上万册方块字书籍,却没有一个人要。这些书籍最终只能在一些蠹鱼陪伴下寿终正寝。(《书房不再乱》)另一个老文化人死后留下的一屋子书,全被子女送进废纸厂,当这些书籍挨刀的时候,儿子梦见"老爸抓着脖子大声叫痛:那铡刀好锋利啊!"(《一屋子书》)何等的悲凉,何等的凄惨,也许还有点儿幽默,但这又是一种怎样的幽默？竟幽默到令人战栗！在某些地方，中华民族优秀传统文化失落到多么可怕的地步！

骆宾路还为我们讲了这样一个故事：一天，一个叫高天草的读书人在书架上一本五十年代的中文杂志里发现一尾老死了的蠹鱼，这条蠹鱼竟然用吃剩字的方法留下一篇遗嘱："儿呀儿，我们的祖祖辈辈是在中文的书山书海里养活自己，也养大他们的下一代。你们现在嫌这些地方不好……要去啃洋书。我可要告诉你们，你们如果还相信遗传的基因，就别忘记咱家族的胃是不能单打一吃洋荤的。小心消化不良。"高天草看到后不禁感慨万千："你吃了一肚子方块字，死了，算是福分。我死的时候，恐怕找不到一个方块字陪葬。"因为高天草的孩子只读英文，孩子的孩子也只读英文。于是，万般无奈的高天草某天某日只能在国际网络上刊登一则《征购蠹鱼陪葬》的启事。（《蠹鱼的遗嘱》）故事情节匪夷所思，像寓言又不是寓言，像童话又不是童话，作者不动声色地娓娓道来，可读者读着却感到锥心刺骨般疼痛。

在新加坡，"你不用讲印度语，你也不用讲马来语，汉语也不用讲，讲英语就行了。"（《要翻译吗？不！》）一位六十多岁的中国老太太，不管在家里，还是在外面，一听到别人对她说英语，便产生一种"被奸的感觉"。（《新病例》）《它是看第五波道的》写得最为生动：林老头和老伴去看望儿子，儿子漫不经心地敷衍了几句，转身上楼，留下一只叫

"欧比"的斑点狗陪伴两个老人。公寓客厅里豪华漂亮的陈设，同两位老人的伤感落寞构成了强烈的反差。让人意想不到的是，当林老头无聊地打开电视机并将电视从第五波道英语台转到第八波道中文台时，那只斑点狗立即对着他狂吠起来，老人忍不住骂了一句，儿子竟然在楼上大声为斑点狗辩护："它是看惯第五波道的。"物质生活的提高，反而让林老头感到精神痛苦，这仅仅是因为老人的儿孙辈与父母之间有了隔膜吗？是否还隐藏着更为深层的东西？狗也"崇洋"，只爱看"第五波道"，作家的奇情幻想，让你想笑却又笑不出来。作者对民族文化刻骨铭心般的挚爱，对中文倾斜滑坡的深深担忧，表现得如此强烈而深刻。我们虽不能说汉语有了怎样严重的危机，但汉语确实受到了某种程度的伤害。文言与白话，土语、粗口与书面语病态的"克隆""杂交"，畸形语言"洋泾浜"的渗透，使原本纯正的生气勃勃的汉语不断销蚀掉灵性和活力。在大陆，读英语几近狂热与痴迷，外教英语、疯狂英语、速成英语，五花八门。考级试题的泄密，"枪手"代考，伪造证书，英语霸权对汉语的冲击，戕害了多少人的灵魂。在海外，华人世界某些人对中文数典忘祖，更是人所共睹的事实。某些地方中文世界，已经到了濒临失落的边缘，例如在中国人占百分之七八十的新加坡，英语成了地地道道的"working language"，精通英语的人被称为"精英"，精通汉语的人则被戏称为"精华"，"精英"

人共趋之，"精华"则嗤之以鼻。这让人想起一个多世纪前袁祖志（袁枚之孙）在《出洋须知》中的一段话："中土之人莫不以英国语言为'泰西官话'，谓到处可以通行。故习外国语言者皆务学英语，于是此授彼传，家弦户诵。近年以来，几乎举国若狂。"然颇有讽刺意味的是，袁在光绪九年（公元1883年）出洋后，发现英语并不"到处通行"。

"……我们呼吁包括中国政府在内的各国政府推行积极有效的文化政策，捍卫世界文明的多样性，理解和尊重异质文明；保护各国、各民族的文化传统；实现公平的各种文化形态的表达与传播，推行公民教育，特别是未成年人的文化、道德教育。"让我们再读一读北京"2004年文化高峰论坛"上许嘉璐、季羡林、任继愈、杨振宁、王蒙等学者联合发表的《甲申文化宣言》中的这一段警世诤言吧。台湾著名作家余光中先生也曾感慨地说："中文乃一切中国人心灵之所托，只要中文长在，必然汉魂不朽。""英文充其量只是我们了解世界的一种工具而已，而汉语才是我们的根，我们文学创作的根！当你的女友改名为玛丽，你怎能送她一首《菩萨蛮》？"民族语言是民族文化的根，对外是屏障，对内是黏合剂。守护民族的母语，也就是守护民族文化的根，也就是守护民族的精神家园，已到了刻不容缓的地步。骆宾路用文学发出了呐喊，然而，他的微弱呐喊，能起到一点疗救的作用吗？但愿文学是万能的！

骆宾路的微型小说中不乏"劲直沉痛"之作。《一粒荔枝》和《蟹王》的题材来自内地报刊揭露希望工程中腐败现象的报道，两篇小说均以细节取胜。穷乡僻壤里一个老人在孙儿读书的课堂里看见老师在修理损坏了的课桌椅，年轻老师想从希望工程中得到五六百元钱的慨叹，老人对五六百元钱是多少的迷惘愕然，他们都不知道一粒"挂绿荔枝"可以卖五十五万，这五十五万又是怎样的一个天文数字，可以买多少张课桌椅。读着实在让人揪心！《蟹王》中的"他"，在参加了一只价值四十万的"蟹王"豪宴回到家里后，收到一位朋友从边远地区寄来的长信，信上说，只要有三两万人民币就可以"办一所'很像样'的乡村小学给孩子们读书了"。当"他"从牙缝里剔出来一小片螃蟹壳片时，不禁惊愕万分："我用牙齿，吃了你们二十间学校！"这一细节构思，可谓神来之笔。清人潘德與《养一斋诗话》评白香山《买花》诗"一丛深色花，十户中人赋"云："劲直沉痛。诗到此境，方不徒作。"《一粒荔枝》和《蟹王》正是这种"劲直沉痛"之作！不知那些置民族未来希望于脑后的大小饕餮们读了会生出怎样的感想。

其他如《还是乱一点好》《林老太和她的老屋》刻画描摹的是曾经沧海相濡以沫的细腻情感，赞美了美好的人性。《沙斯惊魂百态》《武大郎开店》则描写了小市民的自私、怯懦，揭露批判了人性的卑琐丑恶。笔端总带着浓郁的感情，骆宾路这类题材的微型小说，也都给人留下了深刻的印象。

有人说，骆宾路的微型小说，读起来给人的感觉很"爽"，并将这"爽"字诠释为"痛快"。骆宾路自己也说，他写这些微型小说，写起来也很"爽"，很痛快。——这或许是骆宾路的狡狯，"痛快"，只是一种宣泄，一种释放，如果仅仅停留在"痛快"的层面上是远远不够的——而我们透过这"爽"的背后看到的其实是一种愤激，内心有如岩浆奔腾翻滚似的愤激，同时还隐隐糅杂着酸楚、悲哀和无奈，一种浸透在灵魂中的酸楚、悲哀和无可奈何。骆宾路笔下的人物和故事，有时似乎让你感到快意甚至发笑，可是读着读着，你却笑不起来，即使笑，也是"噙着眼泪的笑"——因为在这诙谐痛快的表象下面，是灵魂遭到拷问般的痛苦。

骆宾路的微型小说，语言诙谐浅白，笔调轻快，着墨不多，娓娓道来，似叙街谈巷议，但笔触所及，常能引起读者的深思而产生强烈的共鸣。已故旅美诗人鸥外鸥对骆宾路的微型小说曾有过这样的评论："似短篇小说，又不似；似杂文，又不似。但却都似这些的味道。文体别创一格。它全不似小说却比小说妙得多。"恰如其分地道出了骆宾路微型小说别具一格的艺术特色。

因为创作素材大多来自新闻，所以骆宾路将他的微型小说作品称作"新闻微型小说"（《〈一粒荔枝〉代序》），这大概就是鸥外鸥先生所说的"别创一格"的文体。骆宾路的微型小说，确实有相当一部分取材于报刊上的新闻。新闻，只不过告诉你一个事件，特别是一些社会新闻，有的仅是一些人们司空见惯见怪不怪的身边琐事，读过之后，往往一转身就忘记了。但这些材料到了骆宾路的笔下，经他一渲染一提炼，立即就有了形象，有了思想，提升成了玲珑剔透的微型"艺术品"，不仅能让你过目不忘，还让你有久久的回味。这，正是骆宾路能以"一滴水宏观大海"的高明之处。

微型小说，像诗，重在意象，作者尽可能不挑明题旨，也就是尽可能不采用主观叙述方式对作品世界的种种作出情感的、道德的、思想的、政治的价值判断，把贬褒爱憎深藏在形象本身的发展之中，让读者通过自己的审美活动，透过人物形象、情节结构和修辞技巧，从作品提供的意象和情绪中，去品味，去发掘，情不自禁地把握作品的思想倾向，受到感染。骆宾路或许出于一种极度的痛心疾首，有时会忍不住借用主观叙事方式站出来大声呼喊，显得比较"露"。这也可能是"新闻微型小说"这种体裁的一个弱点。

骆宾路的微型小说，不宜携旅途中读，亦不宜置枕畔读，须一支粗烟，一杯苦茶，无童竖绕膝，无红袖添香，独坐书斋有所思索时读，盖其每篇微型小说均是一社会人生之沉重"话题"也。